LES LUCIOLES DE LUC

WILLIAM VERNES

A mon fils : LUC

A mon fils : LUC

Lucie nous raconte ses souvenirs d'une enfance difficile dans le
quel les lucioles resteront son repaire.
Dans son jolie village en plein cœur d'une Provence aux goûts et aux
odeurs de thym et de romarin, elle nous décrit le beau avec les riches,
le pauvre avec ses manques .
Lucie va devoir affronter une ultime épreuve.
Va t'elle la réussir ?

Quand la vie nous fait naître dans une maison qui sent bon l'amour
la chaleur et le bonheur et que le destin nous les retire par un coup de
baguette magique, comment faire pour être heureux ?
Est ce que les lucioles seront là pour aider aider Lucie ?
Est ce que les manques de Lucie lui donneront le goût d'une résilience ?

© 2024 William Vernes
Édition : BoD - Books on Demand, info@bod.fr
Impression : BoD - Books on Demand,
In de Tarpen 42, Norderstedt (Allemagne)
Impression à la demande
ISBN : 978-2-3225-2089-3
Dépôt légal : Février 2024

Chapitre 1: De Goûts

        Durant cette belle journée d'automne, qu'annonce la fin du deuxième
millénaire, je m'applique à ma préparation culinaire. Un dernier rayon de
soleil inonde le plan de travail de la cuisine. Il entre par la petite
fenêtre qui se situe au dessus de l'évier et vient se répandre dans cette
partie de la pièce où installée, je décide de préparer une pâtisserie. Ce
n'est pas n'importe qu'elle pâtisserie: ce sera Ma Première pâtisserie.
Et pour une néophyte ce n'est pas rien.
Je ressens sur mon visage cette délicate caresse chaleureuse de ce
faisceau, à cette heure précise qu'indique la grande horloge du salon :
17 heures. Je sais que dans les dix minutes qui vont suivre, le soleil
commencera son déclin et finira pas disparaître, au loin, pour réveiller
une autre partie de la planète. Je profite donc de cet instant en
m'abstenant d'éclairer la pièce et de profiter de ce moment unique de ma
fin de journée. Moment qui allait changer mon destin et dont je n'avais
aucune idée à cette minute même.
Une délicieuse odeur de vanille s'échappe du sachet que je suis en train
de déchirer à l'aide de mes dents. Quelques grains de poudre se
répandent sur ma lèvre inférieure. Je les ramène avec le bout de ma
langue sous mon palais et les glisse sous mes dents. Je les croque avec
douceur. Je n'ai ni l'envie, ni le temps de les laisser fondre dans ma
salive. La saveur qui se répand sur ma langue me donne l'envie de
continuer la préparation d'un dessert composé de bananes. Le nombre
d'icônes représentés sous forme de toque de grand chef étoilé, sur la
fiche que je viens de déplier en la sortant du paquet de sucre vahiné,
précise la difficulté quant à la réalisation de cette recette populaire.
Quel bonheur, il n'y en a qu'une. Cela indique toute la facilité de mon
ouvrage et le peu de risque sur lequel je m'engage. Je suis persuadée que
mon palais est peu fin.
L'action de manger me lasse. Il y a peu de temps encore, j'aurais
certainement préféré d'avaler des insipides pilules, plutôt que de
savourer des mets délicats si le choix m'avait été proposé. Me nourrir
par pur plaisir de dégustation ne faisait pas partie de mon bien être. Et
ce bien être se triple tous les jours , puisqu'il y a trois repas. Ça me
donne beaucoup d'occasion de ne pas me faire plaisir.
Aujourd'hui, mon choix est de me lancer dans la confection d'un dessert.

J'avais appris par mon amie Line, chercheuse au CNRS, au cours des repas
qui nous réunissaient assez régulièrement, que chaque goût n'était pas
perçu par une zone différente de la langue, contrairement à ce que
j'avais pu souvent entendre : le sucré à l'avant, l'amer à l'arrière,
l'acide et le salé sur les coté. Cette théorie admise au dix neuvième
siècle était dépassée car elle n'avait pas été fondée. Aujourd'hui, avec
les recherches, il semblait plus probable que c'étaient nos papilles qui
avec leur sensibilité envoyaient un message à notre cerveau afin de lui
signaler la saveur adéquate.
 J'avais appris à l'école, que dans le temps, la saveur amère, celle qui
était la moins appréciée, était souvent attribuée aux plantes toxiques
qui pouvaient nous empoisonner. Grâce à cela, nos ancêtres se montraient
vigilants dès qu'ils goûtaient une nouvelle plante ou fruit à la saveur
amère. Ainsi ils évitaient une mort prématurée, inexpliquée. Avec le
temps, ils comprirent que leurs inquiétudes pouvaient se révéler exactes.
Depuis l'amertume était devenue l'expression de «l'empoisonnement».

   Le moindre besoin de manger m'agace. La vue de toutes ces denrées
alimentaires posées sur les gondoles et dans les bacs des supermarchés me
désolent. Quelles économies en temps et argent j'aurais pu faire si je

n'avais pas un jour décidé comme beaucoup de personnes à me consacrer à la cuisine.
Cuisiner: cette action où il faut passer du temps à l'élaboration de plats qui non seulement vont être engloutis en quelques seconde mais se risquent à de critiques. Telles que:
«
- Il manque du sel,
- Tu sais que je ne digère pas l'ail.
- Pourquoi tu ne l'as pas fait plus gratiner.
- Tu aurais du y rajouter de cette épice.
- Ce n'est pas assez cuit.
- Les pâtes collent.
- Il n'y a pas plus de sauce?
- C'est brûlé.
- La viande est dure.
- Je n'arrive pas à déglutir tellement c'est sec....
Jusqu'à :
- Ce n'est pas bon ».
  Je trouve impolies les personnes qui se permettent de donner un avis désagréable sur un met, dès la première bouchée avalée et cela avec des remarques acrimonieuses. Il me semble beaucoup plus correct et délicat de rien dire, même si le goût ne correspond pas à nos attentes. Cela au moins afin de respecter le travail de la cuisinière, du temps qu'elle y a consacré ainsi que de la recherche d'idée qu'elle a passée sur le choix de son plat. Parce qu'il faut savoir aussi faire preuve d'imagination dans la cuisine. Ce n'est pas un automatisme. Par ailleurs, la cuisinière n'est pas totalement stupide. Elle peut vérifier par elle même si son plat n'est pas assez salé, ou pas assez cuit. Parfois même pas du tout réussi. Ce n'est pas la peine que d'autres le lui fassent remarquer. Il lui faut d'abord gérer cette déception, parfois honteuse de ne pas avoir su recevoir correctement ses invités ou sa petite famille. Son mécontentement est bien assez difficilement à avaler, il n'est pas nécessaire de le lui faire remarquer. C'est une digestion pénible.

Cuisiner, ce n'est pas que préparer. C'est aussi: se déplacer vers un magasin pour faire les achats. Choisir les meilleurs produits. Réfléchir à la confection de la préparation. Ne pas oublier le plus petit des ingrédients qui aura souvent la plus grande importance. Passer du temps dans le magasin, à la caisse. De porter des sacs de commissions remplis jusqu'à en déborder sur les hanses, toujours trop lourds et blessants les mains fragiles. Ces sacs qui tirent sur les épaules, attirés par la force de la gravité allongent nos bras, courbent nos épaules, réclamant de la force à nos muscles, provoquant jusqu'à des courbatures migraineuses. Chaque pas effectué pour se diriger vers la voiture et la maison sont des mouvements de douleur et peuvent ressembler à une danseuse qui se dodine avec rapidité et peu de grâce.
Il ne faut plus penser à soi, puisque le plus important est de toujours penser à cette cuisine insatiable. Je constaterai que tout comme les bricoleurs, la cuisine nécessite un nombre important d'objets et d'ustensiles permettant la réalisation des recettes. Ce n'est pas si simple que ça, de s'improviser cuisinière. Il faut avoir toute la panoplie de casseroles, de poêles, de couteaux, de batteurs etc. Bref, il faut du matériel digne des artisans et beaucoup de fêtes pour se les faire offrir!

Le déclic se fait à la vue des deux bananes, sur la table, dont la peau vire vers une couleur brune. Elles commencent à se ramollir, à devenir flasques, limite dégoulinantes. Du jus sur la peau légèrement fendue commence à suinter. L'idée de les jeter à la poubelle et de devoir gaspiller ces deux bananes, pendant que d'autres personnes les auraient certainement englouties en deux bouchées, me contrarie.

 Je décide de leur donner une dernière chance: celle d'être destinée à ce que la nature a choisi de mieux pour elles: nourrir l'humain plutôt que la poubelle. Cela permet de protéger l'environnement et me donne l'occasion d'accomplir cette promesse que je me fis la veille: mieux cuisiner.

Ingrédients: 80 g de sucre – 80 g de farine - 2 œufs entiers – 100 g de beurre fondu- un sachet de sucre vanillé – une pincée de cannelle – un paquet de pépites de chocolat – deux bananes bien mûres.

Je préchauffe mon four à 250° puis je démarre ma préparation: mélanger les 2 œufs entiers avec les 80 grammes de sucre et les 100 grammes de beurre fondu, le paquet de sucre vanillé avec cannelle et farine. Ajouter les 2 bananes coupées, les pépites de chocolat. Verser dans un moule beurré et faire cuire pendant 15 à 20 minutes. Je lis minutieusement chaque mot sur la fiche de l'emballage du sucre vahiné afin d'être certaine de ne pas commettre d'impair. A chaque étape, je n'oublie pas cette décision prise la veille sur laquelle repose tout mon honneur. Je décide qu'à la fin de cette préparation, j'irai chercher mon livre de cuisine. Plutôt que de le feuilleter, comme certaines personnes font, moi: je le défeuillerai une fois de plus et l'arrangerai à ma sauce.

Pendant que le gâteau prend forme dans le four, je me remémore cette jeune fille qui n'aimait pas manger.

IL y a peu de temps encore, je ne comprenais pas pourquoi il fallait consacrer autant de temps à cuisiner et dépenser autant d'argent pour des moments aussi répétitifs qu'ennuyeux.

Cela me permit de consacrer tout mon temps à d'autres activités plus plaisantes où la cuisine n'avait pas sa place. J'avais fait pire que de me désintéresser à la cuisine, puisque le seul livre de recettes qui m'avait été offert, je l'utilisais pour une de mes passions: la photographie.

J'avais bien un autre ouvrage, qui n'était pas un livre mais un cahier de recettes de maman. Lui, je ne l'ouvrais jamais par peur de l'abîmer comme si à chaque lecture les mots se seraient effacés et auraient disparu dans la feuille. Lui, par peur d'une peau de chagrin qui se serait rétrécie à chacune des recettes lues, je le tenait dans un lieu secret et ne m'en servais jamais.

Sur chacune des pages de mon livre de recettes, je collais des photos que je venais de faire développer. Je ne perdais aucun temps. Aussitôt la pellicule terminée, aussitôt j'allais chez le photographe la déposer pour avoir le plus vite possible les clichés. Parfois, les trois jours d'attente de la transformation de la pellicule jusqu'à son développement m'étaient tout juste insupportable. Combien de fois j'ai du attendre chez le photographe Victor, l'arrivée du livreur, à bavarder de banalités pas si banales que cela pour moi puisque j'apprenais à mieux comprendre le monde de la photographie, sous des airs de fausse photographe amatrice. Nous avions toujours un quelque chose à nous raconter puisque nous partagions la même passion de la photographie Victor et moi. Lorsque Victor me montrait avec fierté ses clichés, je me disais dans mon for intérieur qu'il pouvait toujours s'accrocher. J'étais bien meilleure que lui, maintenant. J'étais capable de faire des montages avec différents objets mais surtout avec des posters et d'autres photos. De telle manière, que Marlon Brando et moi, dans un noir et blanc des années 50, étions assis amoureusement sur sa moto, ensemble avec nos casquettes en cuir et nos sourires charmeurs. Ma plus belle réussite de l'instant, c'était une photographie de Robert Doisneau qui s'intitulait: « Baiser de

l'hôtel de ville» dans laquelle j'avais changé le visage des amoureux par celui de Gabriel et moi. J'avais fait agrandir cette photo en un poster géant et l'avais offert à Gabriel pour notre mariage.
Je me faisais un devoir de garder mes secrets et d'arriver avant le livreur par crainte que Victor ouvrirait et regarderait mes photos avant moi. Lorsque je savais que je n'avais pas photographié des merveilles, j'arrivais un peu plus tard et pouvais constater que la pochette ne collait plus de la même manière que lorsque je les avais récupérées en présence du livreur. Je savais que Victor, curieux de mon amateurisme, voulait vérifier que ce je considérerais comme de l'art, n'était qu'un tas de description coloré sur du papier polaroid sans aucune valeur.

J'adore mélanger les genres, les calligraphies et les couleurs de ce livre de recette avec mes photos. Je n'ai jamais voulu le jeter car je trouvais sa couverture en cuir beige rosé poudré sublime. De plus, Je tenais à sauver ce livre offert il y a huit ans, l'unique cadeau de cette médiocre période de ma vie. Je voulais faire croire à mes amis de passage à la maison qu'il était écrit pas un illustre auteur dont je n'avais jamais entendu parlé, puisque je ne l'avais jamais lu. Chacun de mes amis a toujours voulu voir ce livre, persuadé qu'il était d'une grande valeur. Il faut dire que je le tenais cacher sous un coffre de verre et personne n'y avait accès. Il était mon trésor, car dans ce livre j'y avais découpé tout au fond, plusieurs pages, afin d'avoir une épaisseur et y déposer le cahier de recette de maman qui lui n'avait qu'une pauvre couverture en plastique vert, quelques pages déchirées, volantes certaines scotchées avec un vieux scotch, mais d'une valeur sentimentale inestimable car il était mon unique héritage. Mon cahier était protégé dans cet écrin. C'était mon joyau. Ce joyau était précieux et sans valeur marchande alors que le livre était aussi beau qu'inintéressant.

En même temps, comme si de rien n'était, je faisais une très grosse économie dans les dépenses des courses alimentaires. J'avais appris à me contenter de l'ordinaire.

Ce n'était pas si difficile de se priver sans trop en souffrir, puisque dans mon vécu d'orpheline que je subissais depuis l'âge de mes douze ans, je n'avais plus jamais connu le superflu. Le seul vrai manque qui me faisait atrocement souffrir était l'absence de mes parents. Dès lors, j'étais terrorisée à l'idée d'être un jour privée d'amour, de partage, de chaleur. Je savais que le peu qui me serait repris serait d'une douleur abyssale.
Mes parents, je les avais perdu bien trop jeune.
Ils passaient leur journée à se chamailler dès qu'ils étaient ensemble et se cherchaient dès que l'un ou l'autre disparaissait de leur champ de vision.
Maman était une fille du sud de la France. Elle avait le teint mât. Son grain de peau était parfaitement éclatant et faisait de nombreuses envieuses. Son visage lisse et fin et délicat où était dessiné une jolie bouche aux lèvres peu épaisses, laissait entrevoir la blancheur de ses dents à chacun de ses sourires. Ses grands yeux noirs n'étaient jamais maquillés. Son regard profond et inflexible montrait de la détermination, trait caractéristique de sa personnalité. Personne n'osait l'affronter. Elle portait souvent un grand chapeau de paille, sous lequel flottaient ses longs cheveux noirs et raides comme des spaghettis avant cuisson. Elle adorait cuisiner et manger. Soucieuse de sa silhouette, elle faisait régulièrement attention au poids qu'affichait cette satanée balance qu'elle trouvait injuste et lui soulevait de nombreuses colères. En effet, lorsqu'il s'agissait de peser les caisses de légumes pour la

vente aux marchés ou aux clients qui venaient acheter les marchandises directement dans la propriété, il lui semblait bien, que le chiffre affiché, était trop bas par apport aux volumes vendus, contrairement à son poids à elle qui résonnait forcément faux car toujours trop grand par apport à ses courbes.Aucune balance n'avait su la satisfaire. Même les neuves.
Elle avait les courbes parfaites des corps adulés. Sa taille fine et bien marquée permettait d'accentuer encore plus son buste généreux et ses hanches rondes. Ses longues jambes dorées dessinées des reliefs réguliers sous lesquels on pouvait vérifier sa puissante musculature. C'est qu'il fallait qu'elle en ait des muscles. Il lui en fallait de la force pour soulever toute la journée cette quantité de poids. Se baisser, soulever, porter, marcher. Tel un petit robot inépuisable, son travail la prenait de l'aurore au crépuscule. De quoi en faire faiblir plus d'une. Elle était déterminée par sa cueillette et la réussite de son métier. Elle voulait que ses légumes soient les meilleurs et les plus beaux du marché. Ce contrat, elle le payait de sa sueur et de son temps. Au final, elle avait du passer plus de temps dans une posture courbée que dans une posture droite. Et cela personne ne le savait. Au marché, les clients ne voyaient en elle, qu'une très belle femme, qui devait se faire bronzer toute la sainte journée,qui devait se déplacer pour vendre ses légumes au meilleur moment de la journée, lorsque le soleil ne pouvait plus brûler son magnifique visage. C'était comme ça qu'était aperçue la vie de maman: Tout le temps à l'extérieur, au bon air, au soleil, sans contrainte, se nourrissant à volonté et gratuitement des meilleurs produits, sans trop se fatiguer et sortir pour se montrer au meilleur moment pour récolter l'argent du labeur de son exploitation agricole.
Combien d'envieuses avait elle pu faire!
Combien d'ennemies s'était elle accumulée durant sa brève vie. Les médisantes et les jalouses lui souhaitaient tous les malheurs du monde. Que la jalousie est insupportable à vivre autant par les jalouses que la jalousée! il fallait que son élégance et sa beauté en soient détériorés. Elles souhaitaient que le regard des hommes se détournerait d'elle et qu'ils ne manifesteraient plus aucun éloge à son égard. Quel bonheur et quelle jouissance auraient eu ces femmes, si elles avaient vu, un jour, ma mère dans le malheur, la pauvreté, la faillite.
Ce que ne savaient pas toutes ces pauvres femmes, c'était que comme tout le monde, elle n'avait jamais pu échapper à son lot de désastre. Bien au contraire, la vie avait été effroyable, avec elle, comme si toutes les haines s'étaient réunies et s'étaient abattues sur son berceau dès sa naissance.
Personne n'avait jamais su, qu'elle avait été adoptée. Orpheline à cause de la seconde guerre mondiale, et seulement un an après sa naissance, elle s'était retrouvée dans un orphelinat. Dès lors, elle ne connut que les orphelinats puis les pensionnats. Après quoi, il fallut qu'elle travaille dur pour payer son couvert.
Cela fit d'elle une personne optimiste, haute en couleur et fort de caractère. Personne ne pouvait lui résister, pas même les contrôleurs des impôts qui venaient assez régulièrement, lui demandaient de rendre des comptes, suite à des lettres anonymes, sur des soit disant, ventes de légumes, dissimulées sous son tablier, qu'elle ne déclarait pas.
Nous en riions à chaque fois qu'elle nous racontait, le soir venu, pendant le dîner, une nouvelle péripétie qu'elle transformait en situation cocasse, ce qui avait pour but de rassurer papa. Cette fois ci, son débit de paroles fermes et justes avait fait prendre la fuite au contrôleur avec sa sacoche en cuir usé, serrée dans ses bras et les mille plates excuses qui accompagnaient ses pas vers sa voiture. Tel un chien abattu, les oreilles rentrées le contrôleur se retirait mielleux, sans

perdre de vue maman qui aurait pu lui sauter à la gorge tel un chien aux
crocs lacérés. Il lui était même arrivé un jour que l'un d'entre eux lui
adresse un bouquet de fleurs pour s'excuser, bouquet qu'elle jeta direct
dans la poubelle. Maman n'a jamais voulu savoir si ce geste était sans
arrière pensée. Le pauvre homme se reçut une telle gifle verbale le
lendemain au téléphone qu'il en changea de service.
Elle savait les faire reculer les hommes. Tout de go. Elle avait une arme
invincible auquel tout le monde se pliait: une verve digne d'un des plus
brillants avocats. Son débit de parole était toujours exprimé sans
aucune grossièreté, mais avec précision et tact, aussi précis et puissant
qu'une flèche tirée par «Robin des Bois». Elle allait droit au but et
jamais ne ratait sa cible. C'était un don de naissance. Son destin fit
qu'elle ne put jamais le travailler, ni l'exploiter. Elle se contenta de
s'en servir contre ceux qui lui chercheraient des noises.
Du coté de ces hommes, depuis ma plus petite enfance, je voyais roder ces
vautours, la regarder avec insistance, dans l'espoir de soulever un
quelque chose qui se serait rapproché d'un:
-«té, à moi elle m'a donné un sourire aujourd'hui, sous des allusions de
rendez-vous, je suis sur que je luis plais».
Je plaignais déjà le pauvre homme, qui ne savait pas encore que toute la
colère de maman, allait s'abattre sur lui. Sa fierté d'homme allait
fortement en être toute compromise.
L'avantage de maman, c'était qu'elle ne s'en vantait jamais.
Elle me le racontait seulement à moi, sa fille unique. Peut être dans
l'idée, d'une leçon de vie qui pourrait me servir plus tard. Elle me
voulait droite et honnête. Elle voulait que personne ne me fasse du mal.
Elle voulait que j'apprenne très tôt à me défendre contre chaque attaque.
Mais je n'ai pas hérité de son don. Cela je le compris, déjà, toute
petite.
Elle, elle ne put jamais le vérifier.

Chapitre 2 : De Manques

        La mairie décida en cette fin d'année de 1993, que les «pauvres» du
village, ceux qui n'avaient ni travail, ni revenu digne pour passer la
journée de Noël chaleureusement, pouvaient remplir une fiche en mairie
dès le début du mois de novembre et se verraient remettre avec les vœux
du maire, un colis alentour la mi décembre.
Durant l'espace d'un seul moment, être pauvre et en être récompensée, fut
le seul réconfort de ma situation précaire.
Aujourd'hui, j'allais recevoir ce précieux colis avec la dizaine d'autres
personnes dans la même situation que moi.
Nous étions tous là, debout, chaudement habillés, certains enveloppés
dans leur manteau récupéré dans un centre Emmaüs dont les couleurs fanées
s'harmonisaient à leur teint sombre et triste. D'autres, qui empilaient
plusieurs couches vestimentaires et les faisaient ressembler à des
«bibendum» . Dans la petite salle prévue pour cette cérémonie, mes yeux
détaillaient les ornements qui m'entouraient. Un des quatre murs était
décoré d'un immense tableau aux bordures dorées encadrant une
photographie de notre président de la république. Bof, pas de quoi s'en
réjouir. J'aurais autant préféré une photo d'Alain Delon pour sa beauté
ou même une photo d'une petite grenouille comme nous le caricaturait les
comiques de la télévision. Cela aurait eu le privilège de m' amuser.
Le second mur supportait le drapeau français aux couleurs éclatantes.
L'étendard dégoulinait sur le bouclier d'une des armoiries du prestigieux
village. Une partie du troisième mur était caché par le superbe sapin de
noël richement décoré de boules et de guirlandes clignotantes de
différentes couleurs qui prenait beaucoup de place. C'était contre le
troisième mur que reposait une table garnie de confiseries et de
bouteilles de sodas où les invités iraient se précipiter dès la fin du
sermon et de la remise du colis.
 Nos regards vides et froids tels nos comptes en banque ne nous donnaient
pas l'envie ni de se congratuler, ni de sympathiser. Bien au contraire,
plus vite le présent serait offert, plus vite je disparaîtrai, tel un
éclair. La secrétaire, que je rencontrais mensuellement lors de mes
demandes d'aides et du suivi d'accompagnement à la recherche d'un emploi
était là, habillée et coiffée de dernières tendances à la mode pour
femmes mûres. Elle était assise, juste en dessous du cadre qui aurait pu
me faire rire s'il avait s'agit de la grenouille ou lui crever un œil
s'il s'était décroché de sa fixation, ce qui aurait été moins marrant.
Ses lourdes fesses posées sur un fauteuil en cuir, derrière un beau
bureau taillé dans du bois de rose avec à portée de mains des colis
rangés par ordre alphabétique où chacun de nos noms étaient en attente de
l'appel.Lorsque mon tour arriva, elle me regarda d'un air neurasthénique,
égal à elle même. Elle me tendit mollement mon colis qu'elle devait
considérer comme une obole malgré tout pesante. Elle décrocha un sourire
lorsque je la remerciai. Elle ne releva en aucun moment ses lourdes
fesses enveloppées dans sa longue jupe en cachemire qui ne l'avantageait
pas ni même de sa veste Chanel, gris chiné qui laissait entrevoir le
débordement de son ventre. Elle me rappelait ces femmes qui refusent
d'accepter leur poids et s'obstinent à vouloir rentrer dans leurs
vêtements en respirant une fois sur deux et prenant le risque qu'un
bouton ne parte éjecté dans le décors.
Une fois la distribution effectuée, elle ne fit même pas un petit effort
pour nous accompagner vers le buffet prévu pour cette journée. Ses fesses
restaient accrochées à la chaise. En fait son travail était terminé.

Le maire fut excusé par son adjoint qui nous apprit qu'une grippe le
retenait chez lui et qu'il déléguait le sermon et la remise des colis à
sa fidèle assistante, Mme Visse qui nous connaissait tous puisqu'elle
gérait nos dossiers d'aides sociales. Pour moi, cette grippe l'épargnait
du spectacle d'un défilé de miséreux venus récupérer un pauvre carton
rempli de froid et de banalités. Lui, il était tellement fier de son
village où sa réputation allait jusqu'à L'Élisée puisque chaque année
certains politiciens et des milliardaires du show business venaient
passer leurs vacances dans leurs résidences secondaires. C'est dire si
nous faisions tâche à ce moment là.
Lorsque le dernier nécessiteux eut vidé son verre en plastique de jus de
fruit et la bouche pleine de confiseries, les cloches de l'église nous
rappelèrent qu'il était dix sept heures et que la mairie devait fermer
ses portes. Les pauvres n'avaient qu'à regagner leurs favelas.

Je sortis de la mairie, traversais la place du village engourdie par le
froid et le vent violent qui giflait mon visage, serrant contre moi
l'unique présent qui allait réjouir mon Noël. Les grands platanes si
majestueux l'été, à la frondaison tant recherchée par les nombreux
touristes qui venaient séjourner durant les chaudes journées de leurs
vacances, me paraissaient aussi démunis que moi. Ils avaient pour seul
décor quelques feuilles qui ne voulaient pas lâcher leur branche, unique
lien d'une vie pourtant achevée. Elles ne voulaient pas danser la
dernière folle farandole. Ni finir par s'étaler sur le tapis jaune où les
autres feuilles reposaient sur le macadam glacé, avant d'être jetées
dans un camion qui les accompagneraient vers leur destination finale: le
cimetière végétal pour finir en poussière et y être incinérées.
La municipalité avait décidé cette année, que les platanes ne seraient
pas décorés comme les années précédentes afin de limiter les dépenses
budgétaires et protéger l'environnement. Il fallait que la mairie
applique les nouvelles mesures prises par le gouvernement suite aux
sécheresses et à un nombre toujours croissant de touristes qui polluaient
l'environnement et respectaient trop peu les lois votées.
 Le soir, seul les lampadaires à l'allure humaine brillaient de milles
feux. Il fallait compter sur les façades des maisons privées pour se
rendre à l'évidence que dans le village, peu de pauvres gens y
habitaient. De ci de là, un propriétaire dressait un verdoyant sapin,
l'habillant de ses plus beaux joyaux lumineux, des guirlandes
flamboyantes, des boules étincelantes, et en touche finale la superbe
étoile à son apogée qui guidaient vers la maison, famille et amis.
Certains y accrochaient des petits cadeaux factices qui émerveillaient
les enfants. Ces enfants, accompagnés de leur parent étaient persuadés
que cela leur était destiné. Ils avaient toujours cette même idée
d'incompréhension, de la part du père du noël et de son passage
prématuré. La réponse bien formulée des parents attestait que ces cadeaux
étaient destinés à d'autres enfants, absents, loin de leur famille mais
qui bientôt allaient venir rejoindre leur famille, fêter Noël et
récupéreraient leurs présents. Cette réponse suffisait à les rassurer et
leur permettait d'attendre cette matinée du 25 décembre, toujours si
longue où le plus important tout de même, c'était de ne pas être oublié
par papa noël.
Mon visage était rougi par le froid et ce mistral glaçant qui me giflait
toutes les secondes. Il réussit à soulever mon bonnet en laine que
j'avais moi-même tricoté, à me voler quelques mèches de mes cheveux,
soigneusement ranger sous cette laine chaude qui venaient se coller
contre mes lèvres. Je me mis à crier de colère pour qu'il cesse, au moins
le temps de me laisser rentrer à la maison tellement ce froid hivernal
était insupportable . J'avais hâte de rentrer dans mon modeste studio où

mon seul luxe étaient les bougies qui éclairaient mes nuits et réchauffaient mes journées.

Personne ne pouvait imaginer que mon quotidien misérable en cette approche de la fin du vingtième siècle pouvait se passer juste devant chez eux. Je voyais bien autour de moi, toute cette abondance, cette richesse qui m'entourait. Pourtant, je pouvais constater qu'il y avait quand même des personnes capables, comme moi, de se priver et de faire pitié. Mon quotidien ne ressemblait pas à celui des radins. Les radins, les avares, ceux qui ont les moyens de s'offrir ce qu'ils veulent mais qui refusent de le dépenser, car eux, peuvent se permettre la privation. Cette privation jouissive qui n'amuse et ne satisfait que cette catégorie d'individus, j'en croisais quelques uns, au marché ou au supermarché du coin. Ils me souriaient, pensant que j'étais une des leurs. Mais non, mon quotidien à moi était celui de ceux qui n'avaient pas grand-chose, très peu… oui, même rien. Rien, ni de superflu, ni d'onéreux. Pourtant, si j'avais pu avoir un peu d'argent, jamais je ne me serai privée à ce point là. Les avares ont de plus aux riches, qu'ils peuvent se priver de tout ce qu'ils veulent sans en souffrir. Les riches ont de plus sur les avares, qu'ils montrent toute leur richesse et en profitent. Les avares ont de plus sur les pauvres, qu'ils jouissent de leur privation. Les pauvres, eux, n'ont rien de plus, sauf leur pauvreté. Et c'est dans cette catégorie que je me situe.

Traversant la dernière rue déserte de ce village aussi riche que ma vie de pauvre, enfin je poussai la grande et lourde porte en bois de chêne, sculptée de motifs baroques et à la poignée dorée, pour m'engager dans le couloir de mon immeuble.

Je posai mes premiers pas sur le somptueux escalier de marbre blanc, spécialement apporté et posé par des artisans Italiens il y a plus de trois cents ans, lorsque l'immeuble était la résidence privée de richissimes industriels. Cet escalier était surplombé d'une rambarde en fer forgé datant du dix septième siècle. Sa décoration aux reliefs de lys, de conques et de croix lui apportait une touche royale. Chacun de mes pas résonnait et provoquait un léger écho, signalant aux voisins de l'immeuble que la sauvage locataire du dernier étage était en route pour son palais et qu'il était possible de la croiser, ou de l'éviter.

Arrivée au dernier étage, sur le palier, je pouvais contempler à chacune de mes entrées, la banalité de ma porte en bois plaquée peinte en marron. Ce somptueux immeuble avec son entrée et sa montée d'escalier était comme une peau de chagrin. Plus je montais les marches plus je me rapprochais de la misère. Je poussai la porte pour me réfugier dans ma modeste demeure et profiter de l'unique présent qui allait réjouir mon noël. Je posai le colis sur la table. La lueur de cette fin d'après midi m'évita d'éclairer la bougie et me permit de profiter de quelques instants d'économie. Pour combattre, le froid, j'enlevai vite mon manteau et une des deux vestes polaires. Je me rajoutai deux couches supplémentaires de vêtements; une par un chandail et l'autre par mon peignoir molletonné. Comme certains grands acteurs, moi aussi je porte un peignoir chez moi, à la différence que le mien n'est pas en soie et qu'en dessous je suis doublement vêtue, faute de chaleur extérieure.

Je regarde mon présent. Je n'ose pas l'ouvrir. Je veux en profiter encore un peu. Une fois ouvert, tout l'effet de surprise disparaîtra. Il me faut apprécier ce moment, le savourer et déguster seconde après seconde l'énigme de la contenance de mon trésor.

Afin de ne pas en perdre une miette, je décide de me préparer une tisane. Je verse la valeur d'un bol avec le broc rempli d'eau de pluie. Oui, je récupère l'eau de la pluie pendant chaque averse à l'aide de casseroles posées sur le rebord de mes deux fenêtres. Je la transvase dans des barils récupérés à la déchetterie du supermarché du coin. Le thym que

j'utilise pour mon infusion, je le cueille à la montagnette et le mets
dans des sacs plastique. C'est toujours un pur bonheur que d'aller
cueillir dans les Alpilles voisines ce thym au parfum si délicat et son
goût délicieux. La cueillette me permet de me ressourcer, de sentir les
odeurs de la colline, d'admirer ce magnifique paysage méditerranéen, avec
des pins de toute beauté.
La seule dépense pour mon infusion sera la consommation de la bouteille
de gaz que je n'ai toujours pas changé depuis deux ans maintenant. C'est
dire si je l'utilise avec parcimonie et à quel point il n'y a pas
d'économie sans petite économie. D'ailleurs, je ne cuisine jamais ou très
peu. Cela m'évite des dépenses inutiles, tout comme faire la vaisselle.
Ceci expliquant cela.
  Je me nourris des légumes et fruits glanés dans les jardins voisins du
village. Mes modestes revenus me permettent de vivre sans aucun superflu.
Mais je ne suis ni dans la rue, ni dans une famille d'accueil, je
m'assume. Je n'ai jamais déshonoré une facture aussi modique soit elle.
Même s'il me faut passer par des situations de privations aussi
dérisoires soient telles, pour une jeune femme de vingt deux ans, la
situation que je vis, m'apprend la débrouillardise et me rend digne de ma
condition d'humain.

Le vieux bol en porcelaine jaune et ébréché, offert par des anciennes
copines qui me souhaitaient bonne chance dans ma vie d'adulte
d'émancipée, réchauffe mes mains qui se mettent à rougir par un tel écart
de température. Le bout des mes doigts virent au rouge puis au blanc.
Voilà que mon corps exprime lui aussi toute la beauté de cette période de
Noël.
  Je m'assoie sur l'unique objet sur lequel il m'est possible de poser mes
petites fesses dans cette seule petite pièce qui fait office à mes yeux
d'un palace: un modeste sofa en vinyle crème dépliable qui me sert aussi
de lit qui m'a été vendu pour un franc symbolique par l'association
«Donner c'est partager».
Je m'installe face à mon colis, il est juste à la hauteur de mon visage.
Dans ce tête à tête où aucun dialogue ne sera possible, je tente de le
séduire, le charmer, le deviner.Je le scrute dans ces moindres détails,
son poids, sa texture, son toucher, son volume. Je commence par me poser
la question qu'au vu de sa forme cubique, il ne peut s'agir que de boites
de conserve ou d'un quelque chose qui s'en rapproche.
Je veux bien accepter mon difficile destin. Mais en cette période de joie
et d'abondance j'espère que la mairie aurait préféré remplir ce carton
d'objets aussi oiseux que clinquants et festifs même pour des individus
aussi indigents que moi, qui ne possédons aucune richesse et aucun
superflu.
Voilà que je me mets à me dire, sans en avoir encore ouvert le précieux
carton, que j'aurais apprécié plutôt que de la nourriture de première
nécessité, y découvrir des chocolats, des friandises. Et pourquoi pas,
pour les filles de mon âge, du maquillage, des accessoires de beauté avec
des paillettes et un diadème de princesse, ou mieux, un coffret de parfum
créé par un grand couturier, bref, un petit quelque chose qui me
permettrait d'effacer, durant une seule soirée, mon piètre quotidien.
Cela aurait été le genre de cadeau que j'aurais bien apprécié et qui
m'aurait fait plaisir.
Je décide qu'avant la fin de la dégustation de ma tisane, le mystère du
cadeau sera découvert. Fini les bavardages intérieurs, place à la
réalité.
J'avale le breuvage encore bouillant, gorgée après gorgée. Je ressens la
chaleur jusque dans mon estomac après avoir embrasé ma gorge et tout son
conduit digestif. La chaleur se répand dans mon corps. Elle va jusqu'à un

sentiment de brûlure.
Aussitôt, un léger mal être s'empare de moi et m'oblige à m'allonger.
Je regarde mon colis, l'œil écrasé contre l'accoudoir du sofa, raide et
froid.
Il me faudra encore patienter: ce grand moment qui doit mettre un terme à
mon ardente attente n'est pas encore arrivée. Ce mal de ventre
m'immobilise. Je presse mes mains contre mon abdomen en attendant que le
mal passe. J'entends des gargouillis : mon ventre n'est pas content de
recevoir une boisson aussi chaude et il me le fait bien comprendre. Je ne
prends aucun médicament. Le temps est certainement le meilleur des
remèdes. Un petit repos me permettra de mieux apprécier mon trésor natal.

        Le gâteau à base de banane embaume la cuisine. J'ouvre le four en
fermant les yeux juste le temps d'en apprécier tous ses arômes. Ce parfum
de sucre et de banane me transportent dans une des îles des caraïbes,
dans un coin paradisiaque où les fragrances des fleurs et de la
végétation se mélangent. En soulevant mes paupières, je découvre une
pâtisserie cuite à la perfection. La cuisson s'étant terminée quelques
minutes plus tôt, j'avais laissé caraméliser le dessus du gâteau en y
rajoutant une légère poignée de sucre glace que j'ai dispersé tel un
nuage déversant une poignée de flocon de neige sur la colline. Je ressens
dans mon cœur un battement de joie, mieux, de la fierté. J'imagine le
moment où Gabriel va rentrer dans la maison et va me demander ce qui peux
sentir aussi bon.
«Que m'as-tu préparé de si délicieux, l'odeur est à croquer!»
Je suis tellement fière de moi. Quel bonheur que de préparer une recette
et réaliser qu'elle est aboutie.

Il est vrai que la veille, je n'avais rien réussi de mon plat. Je pensais
tellement faire plaisir à Gabriel, mon époux, qu'à l'inverse, je n'ai
fait que le décevoir. Aujourd'hui, j'espère qu'il sera comblé par mon
titre de pâtissière. Le sucre rajouté à la fin de la cuisson a formé une
toute fine couche de caramel, tel un léger tapis de feuilles mortes.
L'odeur est fondante de plaisir. Je sors mon gâteau et le laisse reposer
sur le plan de travail de la cuisine. Je suis très satisfaite de mon
travail.
J'ai une très jolie cuisine. Je ne l'utilise pas beaucoup. Mais j'ai
conscience que ma cuisine est aussi belle que fonctionnelle. J'ai choisi
le carrelage et la faïence dans l'établissement le plus prestigieux de la
région. J'ai demandé que soit installés à coté de mon évier en marbre,
deux pots encastrés de la même profondeur que l'évier. Je les ai rempli
de terre dans laquelle je fais pousser du thym et du romarin que
j'utilise au quotidien. J'ai des plaques de cuisson à induction et un
four de grande qualité à vapeur. Je crois que je suis une des premières
personnes à avoir acheté ce genre d'appareil. La cuisine assez petite,
par apport à l'immense salon est parfaite pour cuisiner. Plusieurs
ouvertures permettent d'aérer la pièce et chassent en un rien de temps
les odeurs de graisses et de fritures. J'ai aussi une table assez petite
mais très pratique car j'y dépose nos deux assiettes pour les repas. Les
repas pris sur cette table sont conviviaux puisque je n'ai plus besoin
de me lever sans arrêt lorsqu'il me manque quelque chose. Il suffit de
tendre le bras pour attraper l'objet manquant. Il m'est arrivée de
m'entendre dire des reproches lorsque je servais certains plats qui
refroidissaient rapidement; comme le magret de canard qui arrivait tiède
voire froid après cuisson. Aujourd'hui c'est chose terminée. Mes plats
n'ont plus le temps de refroidir. Aussitôt cuit, aussitôt servit. De
tendance végétarienne, la viande atterrissait rarement dans mon assiette.
C'est Gabriel qui tient beaucoup à ce que nous prenions nos repas dans ce
lieu, plutôt que l'immense salle à manger dans laquelle je devais servir
les plats avec des patins à roulette afin de pouvoir tenir une
conversation en continue. Peut être que cela lui rappelle aussi le cocon
familial. Ce petit espace, protecteur et nourricier doit le rassurer. Il
passe beaucoup de son temps dans des salles immenses et souvent froides

pendant les périodes de congrès. Cette cuisine le satisfaisait. Cela nous permet aussi d'éviter de regarder la télévision. Nous pouvons enfin parler longuement sans être parasités.
J'ai toute une panoplie de diverses casseroles, de nombreuses marmites et aucun ustensile ne me manque. J'ai même une machine pour confectionner mon pain que je n'ai pas encore ni utilisée, mais même pas déballée. Le bon moment de la sortie de son carton est certainement arrivé.

Les amis qui passent nous voir envient notre maison. Ils pensent que je suis une ménagère émérite. Comme je n'ai pas d'emploi depuis notre mariage, ils supposent que je consacre tout mon temps à la cuisine, à préparer des petits plats pour mon époux. Ils ignorent totalement mon passé de quasi-anorexique, dégoûtée par la nourriture proposée par les magasins ou les étalages des fruits et légumes ainsi que toutes les souffrances que j'endure à devoir préparer un simple plat de pâtes. Je ne les ai effectivement pas encore reçu à manger puisqu'à chaque fois nous nous retrouvions au restaurant. Et ça me convient parfaitement.
 Jusqu'à présent nous avons été toujours invité, hormis les quelques fois, où au dernier moment certains amis passent nous voir, sans prévenir, nous commandions des pizzas chez le pizzaiolo d'en face. Je redoute terriblement le jour où il me faudra les recevoir et préparer un vrai dîner.
En même temps, Lucie et Gabriel, c'était le nouveau couple qui allait se marier. Les copains savent par expérience, qu'entre les préparatifs, les déplacements professionnels de Gabriel, ma recherche de maison, nous étions difficilement disponible pour leur proposer un souper.
Nous avons réussi, à force d'épargne et de travail, à nous offrir une maison de village qui a beaucoup de cachet.
Elle est pour moi ce que la vie m'aura donnée de plus grand et de plus beau en matériel concret.
J'ai passé des mois à visiter des appartements, des maisons. Je me lassais de ces visites, j'allais de déception en déception. Je me demandais si un jour j'allais réussir à trouver un bien qui me conviendrait autant par ses volumes et agencement que par son prix.
Puis, un jour, un agent immobilier m'appela et me dit de venir au plutôt car il était certain d'avoir trouvé «Ma douce demeure».
Effectivement, lorsque mes premiers pas se posèrent sur les tommettes rouges lustrées j'avais l'impression de savourer un grand vin qui après chaque gorgée développait ses fins arômes dans mon doux palais. Après avoir poussé la lourde porte d'entrée, chaque pièce visitée me coupait le souffle. Je sentis une bouffée de bonheur se répandre en moi. Mes joues s'empourpraient. Je ne savais plus si je devais retenir mon souffle ou hurler de joie. Le séjour salon est aussi vaste que les trois chambres et les salles d'eau. Je n'en revenais pas. Je n'avais jamais vu une maison avec de tel volume. Chacune des chambres dispose d'une porte fenêtre avec un accès direct sur le jardin et une exposition nord ouest. J'aime l'exposition ouest. Elle représente le moment le plus important pour moi: le soleil se couchant, la fin d'une journée. Les rayons du soleil apportent un couleur dorée pourpre à la nature. C'est en enchantement de pouvoir admirer le coucher du soleil. Il annonce l'arrivée des habitants dans leurs maisons, le retour chez eux, la famille qui se réunit, le partage des événements de la journée, le moment où chacun se met à l'aise et se pose enfin. La salle d'eau propose une douche, une baignoire et un bidet. Cette maison est un palace, un cinq étoile. L'autre salle d'eau a un toilette et une douche directement dans la chambre. L'agent immobilier me dit que c'est une suite parentale. Je reçois le coup de grâce lorsque dans le cuisine je vois une porte fenêtre qui me permettra d'accéder à un petit jardin dans lequel je vois déjà pousser mes légumes. Ce petit

jardin de 450 mètres carré, où une glycine datant de plus de 100 ans
m'abritera durant l'été des fortes chaleurs. Puis tout cet espace que je
vais pouvoir exploiter, me ravit le cœur et me rappelle mes origines avec
des parents agriculteurs.
J'étais retournée dans le salon dans lequel l'agent immobilier m'expliqua
que le propriétaire voulait s'en débarrasser et était prêt à baisser son
prix très généreusement. Il m'apprit que ce très fortuné propriétaire
avait rencontré une très jeune fille dont il était tombé éperdument
amoureux. Sa midinette trouvait cette maison affreuse, perdue dans un
bled isolé et voulait qu'il s'en débarrasse rapidement. Par passion pour
sa princesse, le sexagénaire vendait ce bien afin de ne plus jamais en
entendre parler. L'objectif n'en était pas le prix mais la rapidité à
laquelle la transaction devrait se faire.
Ce fut à ce moment là, sur le linteau en pierre de la cheminée du salon
que mes yeux se portèrent. Le propriétaire avait laissé un vieux cadre
représentant une nuit de noël. La toile représentait une pièce qui était
éclairée par des bougies dégoulinantes de cire rouge, un majestueux sapin
décoré de boules flamboyantes et au centre du cadre il y avait une table
richement garnie autour de la quelle une famille prenait un repas
copieux. La cheminée envoyait des lueurs étincelantes. Cela me rappelait
une veillée de noël dans laquelle j'aurai bien aimé me trouver. Cette
simple toile, d'aucune valeur, me donna le signe que cette maison saurait
être aussi chaleureuse et conviviale qu'agréable où il ferait bon vivre.
Cette demeure allait devenir la mienne, ce sera « mon petit paradis ».

Cela me renvoya au souvenir de mon premier appartement.
 Le besoin d'avoir un toit dans lequel je peux me réfugier est
primordial. Ce besoin primitif vient certainement de ma période où je
n'avais pas de domicile privé. J'allais d'orphelinat en pension, toujours
à 4 par chambre jusqu'à ce que je réussisse mon BAC. A partir de cette
période, j'ai commencé à travailler dans une imprimerie comme
maquettiste. Je me suis bien intégrée dans cette modeste entreprise
familiale. J'ai été accueillie comme un membre de leur famille. Gentils
et prévenants, remplis d'humanité, mes patrons avaient oublié de me dire
qu'ils étaient un peu vieux. Mes patrons à l'aube de leur retraite n'ont
trouvé aucun repreneur et n'ont eu pour solution que de dissoudre
l'entreprise avec beaucoup de déception et d'amertume. Ce fut donc au
chômage que je me retrouvai quelques mois après mon arrivée. Néanmoins,
c'est à cette période car grâce à ce poste, j'ai pus m'offrir un chez
moi, juste une semaine après avoir trouvé mon travail et passée six nuits
dans une chambre d'hôte où je me gelais et où la tenancière fouillait
chacun de mes sacs durant mes journées de travail. Je cherchais un lieu
où je pourrais vivre seule, sans le regard des autres occupantes de
chambre, ou une tenancière qui m'épieraient et le risque de me faire
voler le peu d'affaires que je possédais et les quelques pièces de
monnaies d'argents. Il était vrai, que je ne pouvais pas trop en perdre
vu je n'en avais que très peu.
La première fois où j'ouvris la porte de cet appartement, chacun de mes
pas m'emportait vers le Paradis. Dans le même émerveillement, j'aurais pu
ouvrir la porte d'une chambre de l'hôtel du Crillon à Paris que je n'en
aurais pas été plus heureuse. Seules les personnes avides d'indépendance
et de peu d'exigence peuvent comprendre ce que j'ai pu ressentir à ce
moment là. J'ai même été prise par cet élan d'embrasser le sol pour le
remercier de m'accueillir, tout comme le Pape Jean-Paul II embrassait la
terre de manière à exprimer la fraternité au pays qui l'accueillait.
J'étais en terre Sainte. J'étais chez moi.
Ce besoin de toit est un instinct primitif humain. Il est inscrit dans
mes gènes depuis que l'homo-sapiens existent. Je sais qu'il allait être

mon refuge, mon indépendance, ma liberté et mon émancipation. Le prix a payé n'avait aucune valeur. J'avais calculé que le loyer m'était abordable, même si je venais à perdre mon emploi. Mon propriétaire avait téléphoné à mon patron pour s'assurer de la véracité sur mon emploi à durée indéterminée, s'il était rémunéré correctement et qu'il lui garantissait la saisie des loyers impayés sur mon salaire en cas de difficulté. Après un rapide calcul, au prorata des mètres carrés, je calculais que ce logement me revenait très cher. Je vivais dans un appartement de pauvres mais dans un village de riches. J'ai eu ce privilège que les riches n'en voulant pas, même pour en faire une buanderie, car c'était trop petit pour leurs immenses objets, ils se sont rabattus sur les pauvres, en mal de logement, qui n'oseraient pas émettre la moindre critique sur leur cambuse. Il fallait bien que les propriétaires louent leur bien, aussi modestes soient ils. Les accommodants, leur rendaient bien service, puisqu'ils les habitaient, sans exigence, ni plainte et leur assuraient un rendement financier. Je fus l'élu de ce logement.

Chapitre 4: De manques

Mon mal de ventre s'est apaisé. J'ouvre les yeux.
Allongée sur le sofa, mon regard se porte sur mon colis. C'est lui que je
vois en premier. Il fait parti de tout ce que je possède dans cette
pièce. L'observant, cette boite me rappelle le souvenir d'un Noël passé,
il y a très longtemps. Je devais avoir à peine 6 ans.
Je revoyais la jolie robe rouge en velours et le gilet en coton blanc que
je portais ce matin d'un vingt cinq décembre. Maman avait ciré mes
chaussures vernies et le contraste de leur couleur noire sur mes collants
blancs me faisait penser aux jambes d'une cigogne. En me remémorant, je
me disais qu'en vérité je ressemblais plus à la petite fille du Papa
Noël, puisque je portais exactement ses mêmes couleurs, plutôt qu'à un
oiseau à longues pattes.

Après avoir effectuer mes ablutions et de me vêtir, j'avais démarré ma
journée avec une énorme colère. Assez tôt le matin, je m'étais levée et
étais partie en courant, traversant le couloir afin de découvrir mes
cadeaux déposés au pied de mes chaussures. Il arrivait assez souvent que
sur certains cadeaux, dans le cas, où j'aurai eu des frères ou des sœurs,
il y avait une petite carte pliée en deux, reliée par un jolie fil doré
où était inscrit mon prénom. Papa Noël me paraissait un peu bizarre,
voire un peu gâteux. Cela faisait plusieurs fois qu'il venait chez moi.
Il n'était pas capable de se souvenir que je n'avais pas de fratrie.
Je lui avais commandé l'habit de la fée. J'étais convaincue qu'avec ce
costume et surtout avec la baquette magique qui accompagnait la panoplie,
j'allais pouvoir accomplir de grandes choses. Les filles, aussi,
pouvaient avoir des supers pouvoirs comme «Zorro ou Batman».
Elle aussi elles en étaient capable. Ce n'était pas la peine qu'elles se
masquent le visage, pour devenir des héroïne, seulement, il leur fallait
un objet indispensable: une baguette magique.

Il y avait deux paquets devant moi, à mes pieds: le premier, volumineux,
rectangulaire, dans lequel l'habit de la fée m'attendait. L'autre était
plus petit. Ce devait être certainement une flûte en bois. Je l'avais
aussi ajoutée dans ma liste de cadeau que j'avais adressée au père noël
dans une jolie enveloppe rouge aux motifs d'une forêt enneigée, bien une
quinzaine de jours avant son passage. J'étais aussi émerveillée
qu'excitée, tapant dans mes mains et poussant des gloussements. Je me
jette sur le premier cadeau que j'ouvre avec hardeur.
Misère, mon premier cadeau devait être une double erreur: la première,
de destinataire et la seconde de commande car je ne l'avais inscrit sur
ma liste. Il s'agissait d'un très grand livre d'images et de textes qui
racontait l'histoire d'une petite fille et de l'amour qu'elle portait
pour un cheval avec qui elle traversa sur son dos tout un pays pour le
sauver d'une mort «culinaire». Je vérifiais l'étiquette. Je savais lire
mon prénom depuis deux ans. Le papier cadeau était représentatif de Noël.
Je l'avais arraché et mis en boule. Il y avait bien écrit sur l'étiquette
: Pour Lucie. Et Lucie, c'est bien moi!
Le rouge de mes joues s'accentua quand en ouvrant les pages de ce grand
livre aux couleurs bariolées je découvris sur certaines pages des grosses
taches noires comme si un stylo à encre avait bavé et laissé ces traces
horribles.

«C'est qu'en plus il se fiche de moi!» je me disais.
-«Il m'a apportée un livre d'occasion. Même pas neuf. C'est qu'il l'a
déjà donné à quelqu'un d'autre, et comme personne n'en a voulu, il s'en
débarrasse avec moi. Déjà que je n'aime pas lire, alors là, avec ces
grosses fientes, je n'ai même pas envie de regarder les dessins. Ce n'est
pas gentil de me faire ça. Moi je ne voulais pas d'un vilain livre qui a
été lu et sali par quelqu'un d'autre. Moi je voulais l'habit de la fée et
la baguette magique. Comment le père noël n'a pas pu m'apporter ce que je
lui ai commandé? Il devrait savoir lire. A quoi cela sert que je lui
écrive une lettre? En plus il porte des lunettes, c'est qu'il est
intelligent et n'a pas de problème de vue!»
Je partis en courant, traversant le long couloir pour gagner la chambre
de mes parents et leur hurler ma peine.
Maman très fatiguée et légèrement grippée me demanda de la laisser se
reposer quelques instants. Elle me promit de s'en occuper dès qu'elle se
lèverait.
Papa, déjà levé, était parti travaillé, puisque les légumes poussaient
même le jour de Noël.
Je m'en retournais vers mon autre cadeau: le pas lourd, le menton enfoncé
sur ma poitrine, tel un petit taureau fonçant vers son toréador, l'âme en
peine.
J'avais perdu une partie de mon enthousiasme. Je l'avais remplacé par de
la colère. Je savais bien que l'habit de la fée ne pouvait pas être dans
cette boite, car elle était trop petite. Ou alors, si peut être que la
baguette magique , elle , elle pouvait y entrer. En un éclair de joie et
d'espoir, je sautais sur le carton, arrachais le papier cadeau. Oh,
surprise, l'objet que je tenais entre mes mains était une poupée. Elle
n'avait rien de particulier. Elle ne ressemblait même pas à une fée. Elle
avait comme moi, avec de longues jambes maigres et des longs cheveux
blonds. C'était une Barbie.
Pour la suite des cadeaux, maman me rappela à son réveil qu'il me fallait
attendre l'arrivée des invités car ce pauvre vieux père noël, se trompait
parfois de maison et il apportait Mes cadeaux, chez des amis au lieu de
me les emmenait chez moi directement. Tout n'était pas perdu. Et maman,
elle a toujours raison.

Lorsque papa rentra en fin de matinée alors que maman finissait de
préparer le repas, je me jetais dans ses bras, espérant que dehors, sous
le grand sapin, là où j'avais discrètement posé mes bottes de pluie en
caoutchouc, il y aurait le cadeau tant espéré. Il me dit de fermer mes
yeux car il avait trouvé un cadeau. Chouette! il y avait donc, bien un
cadeau pour moi! Je commençais à fermer les yeux, tentant des les entre
ouvrir afin de ne pas me blesser en me dirigeant vers la patère qui
portait mon manteau, le revêtir et sortir voir sous le grand sapin ce
présent tant attendu.
Stop; il me saisit par le bras et me demandant vers où je me dirigeais.
Il me redemanda de fermer les yeux et de tendre les bras pommes de mains
ouvertes prêtes à saisir le cadeau. En fait il l'avait certainement
récupéré à ma place. Il ne voulait pas que je sorte par ce grand froid.
Et Non. Il m'embrassa et me posa dans les paumes de mes mains une petite
boule de poil, toute chaude, c'était un lapereau tout mignon, tout chaud,
qu'il venait de trouver dans le champ. Ce petit animal me fit oublier le
cadeau que j'attendais avec impatience. Son cœur battait la chamade. Il
devait avoir bien peur. Je devenais sa maman. Moi, Lucie, j'avais une
vraie responsabilité. Il fallait que je m'occupe de cette petite boule
soyeuse aux grandes oreilles et au nez bougeant. Désormais, mon
lagomorphe partagea ma chambre et fut baptisé «Neige» puisqu'il était
blanc comme de la neige. En ville les gens adoptent des chats, en

campagne nous préférons adopter des lapins, quand d'autres adopteront un mec.com… plusieurs dizaines d'années plus tard.

J'étais tranquillement assise avec Neige qui se laissait caresser docilement sur mes genoux, lorsque j'entendis la cloche de la maison qui annonçait l'arrivée des invités et bien sur: qui dit invités; dit: Mon cadeau tant mérité, enfin mon cadeau, enfin l'habit de la fée.
Je bondis du canapé après avoir posé délicatement Neige dans sa petite boite en carton que je venais de baptiser Chambre de Neige, et me jetais dans les bras de ma sauveuse, qui ne comprenait pas comment une petite fille puisse être autant heureuse de voir sa voisine, alors que d'habitude je me sauve en la voyant!
Quelle joie et quel bonheur se dégageait de moi lorsque Madame Finim me tendit le volumineux cadeau en me répétant comme chaque année :
«Papa Noël s'est trompé de maison. Tiens c'est pour toi. Joyeux Noël Lucie.»
Je les embrassais de joie et hurlais mon bonheur, donnant un petit coup d'œil vers la boite dans laquelle Neige baissait ses grandes oreilles faute de boule antibruit et de cris trop agressant pour ses longues oreilles.
Pour la troisième et dernière fois de la matinée, j'arrachais ce papier cadeau qui lui, n'avait pas d'étiquette portant mon prénom. Bizarre?
Comment Madame Finim pouvait savoir que ce cadeau m'était bien destiné?
Dès le premier morceau de la boite transparente où je vis apparaître cette vilaine et grosse poupée trop maquillée avec des cheveux rouges frisés qui en plus parlait, je regardais mon voisin Mr Finim, qui rentrait dans la maison accompagné de papa et d'une grande bouteille de vin. Je regardais mes voisins à tour de rôle sans mot dire avec des yeux ronds comme des pièces de Cinq francs. Ils comprirent à la vue de mes yeux larmoyants, mes joues gonflées par un trop plein de colère et de déception qu'il y avait un souci avec le cadeau. A la vue de leur réaction je compris qu'il avait un problème.
Je le tendis à Monsieur Finim qui aussitôt le tendit à sa femme et lui dit furieusement:
-«Mais qu'est ce que tu as bien pu trafiquer.. Ce n'est pas cette poupée le cadeau de Lucie»
La joie refit surface sur mon visage. Mes yeux se mirent à briller. Ma petite bouche en forme de pont se transforma en forme de banane. Madame Finim s'en retourna chez elle avec cette vilaine poupée et me fit patienter une fois de plus.

Cette attente me faisait penser au Noël de mes quatre ans, lorsque j'étais scolarisée à la maternelle. Juste avant les vacances de Noël, tous les enfants de la maternelle étaient invités à l'hôtel de ville pour la distribution des cadeaux. Nous étions tous assis sur des bancs, garçons et filles mélangés de différentes écoles. Assis dans un fauteuil flamboyant de dorures sur une estrade pour que tout le monde puisse le voir, tel un roi sur son trône, ce majestueux et impressionnant papa noël nous regardait. Chaque enfant, à tour de rôle allait chercher son cadeau. L'enseignant, disait dans le creux de l'oreille de ce vieux monsieur, le prénom de l'enfant qui s'approchait et suivant qu'il soit garçon ou fille un cadeau différent lui était attribué. Je compris rapidement, que les garçons recevaient une guitare et les filles une poupée. Moi les poupées, j'en avais plus que des élèves dans ma classe. Alors moi ce qui m'aurait fait plaisir pour ce Noël là, c'était une guitare. Je les regarder une par une, distribuée à chacun des petits garçons, regardant le grand tas en me disant qu'il y en aurait bien une pour moi. Après tout, c'est Noël et le vrai papa Noël assis devant moi ne pourra jamais refuser un cadeau

à une petite fille aussi gentille que moi!
Lorsque ma copine tira sur ma manche afin de me signaler que c'était
notre classe qui était appelée pour recevoir la distribution, je me
redressai du banc et m'approchai de ce tourbillon de féerie. Lorsque mon
tour vint et que je montais les 5 marches pour embrasser ce vieux papa
noël, il n'eut pas le temps de me dire la phrase habituelle : Tu as été
sage cette année, ma petite Lucie ?
Je m'approchais de lui et lui dis dans le creux de l'oreille.
-«Dis papa Noël, est-ce que tu pourrais me donner un cadeau pour garçon
plutôt qu'un cadeau pour fille?»
- mais bien sur ma petite Lucie.»
Le papa noël se retourna vers ses lutins et demanda une guitare. Oh
combien, j'étais contente. C'était si simple de pouvoir parler avec ce
vieux bon homme. Il comprenait tout. Surtout le langage des enfants. Et
tout le monde le respectait.
  Seulement, un des lutins vint lui dire que cela était impossible car il
y avait le nombre exact de guitares et de poupées pour tous les enfants
présents. Certainement qu'un garçon ne serait pas d'accord de recevoir
une poupée en cadeau. Je compris rapidement que j'allais devoir récupérer
cette poupée. C'était elle ou rien. Je pris mon cadeau, dépitée de
l'injustice que les adultes faisaient subir aux enfants.
Je fus tellement déçue, que de retour, assise sur mon banc, dans
l'attente que chaque enfant récupère son cadeau, un garçon d'à peu près
mon âge s'approcha et s'assit à coté de moi. Il me vit pleurer et me
demanda ce qu'il se passait. Je lui expliquais toute ma peine et ma
déception de ce cadeau dont je ne voulais pas. Il me tendit sa guitare et
me dit.
-«Tiens on a qu'à échanger. Mais désormais, tu seras ma fiancée!»
  Je le regardais ébahie. Je pris sa guitare… jouai quelques instants, le
temps de lui casser deux fines cordes et lui rendis sa guitare en lui
disant que finalement ça ne me plaisait pas tant que ça. Moi ce que je
voulais c'était une vrai guitare de chanteur, non pas une mandoline avec
des fils en coton. Je repris ma poupée et rejoignis le groupe de ma
classe pour rentrer à l'école. Voilà comment j'échappai à mes premières
fiançailles et à mon premier cadeau d'amoureux.

Madame Finim revint rapidement et me tendit un nouveau paquet qui
ressemblait beaucoup au précédent. J'ouvris une nouvelle fois mon cadeau.
Tout le monde attendait de ma part un élan de joie. Les yeux rivés sur
moi, ils espéraient tellement me faire plaisir.
  Ma tristesse redoubla lorsque je vis la même horrible poupée qui avait
une légère différence à la première: elle était blonde et ne parlait pas.
Je regardais mes voisins avec stupeurs. C'était donc ça mon cadeau!
C'était cette poupée qui même pas parlait! Mais c'était de pire en pire.
D'une déception de panoplie de fée non offerte, je pouvais compenser par
une poupée, mais toute de même, une qui parle, une moins banale que les
autres qui recouvrent mon lit. Le sourire avait totalement disparu de mon
visage. Ni l'un ni l'autre de ces deux abrutis n'avaient jamais su à quel
point ils venaient de gâcher ce que je considérai comme la plus belle
journée de l'année. Il me fallait attendre encore trois cent soixante
cinq longs jours pour espérer recevoir mes cadeaux commandés dans une
liste sur laquelle chaque mot était calligraphié de ma plus belle plume.
Je les regardais minutieusement et me demandais comment deux cervelles
d'oisillons pouvaient savoir lequel des deux présents étaient le mien.
Comment eux qui n'étaient pas le père noël, pouvaient ils faire la
différence entre mon cadeau et celui destiné à leur nièce qui devait les
rejoindre en fin d'après midi ?
  Mon cadeau, c'était forcément le premier puisque de toute évidence

c'était celui là que leur avait remis papa noël.
Comment eux, pouvaient 'ils se permettre de m'en donner un autre ?
D'autant plus que ce n'était qu'une poupée et toujours pas l'habit de la
fée.
Même si je n'avais pas reçu l'habit de la fée et sa baquette magique, au
moins j'avais reçu une poupée avec qui parler et pas un livre d'occasion
qui allait finir dans la cheminée, avec une grosse poupée, moche et
muette. Non, eux en avaient décidé autrement. C'était toujours comme ça
la vie avec les grands, les petits subissent les caprices des grands.
Je n'en parlai pas à maman. Elle était occupée par la préparation de la
cuisine et s'occupait des invités. Sa lourde fièvre lui donnait un air
triste et me rappela qu'elle devait être aussi malheureusement que moi.
Ma vengeance serait terrible. Je décidai que dès l'arrivée du printemps,
je traverserai les 3 champs nous séparant et que j'irais piétiner une
fois de plus, les fleurs et que je casserai la branche de leur cerisier
de Mme et Mr Finim à chaque fois que je rentrerai de l'école, en souvenir
d'une immense déception qu'ils m'avaient infligée.

Je ne le fis jamais. Le temps avait de plus sur la vengeance, qu'il
passait aussi vite qu'un excès de colère. D'autre part, Papa Noël se
chargerait bien de les punir le moment venu. Bien que papa noël me
décevait d'année en année.

La réussite de ce premier gâteau à la banane va me transformer en une nouvelle cuisinière qui aime autant cuisiner que partager sa cuisine. Je deviens une nouvelle personne, telle une renaissance, puisque je prends goût à cuisiner. La confiance en moi se manifeste par des gestes précis que je travaille au quotidien. Je m'intéresse et m'oriente vers de nouvelles saveurs et explore l'association de produits qui se marient parfaitement et apportent une nouvelle découverte de saveur.

Après quelques mois d'expériences, je lance des invitations autour de moi, pour faire découvrir en priorité mes pâtisseries, proposant des goûters que je partage avec des connaissances devant une tasse de thé. J'attends en retour des critiques que je souhaite positives afin de remplir tout ce vide qui était en moi. La nourriture me remplit autant par sa matière nutritive en remplissant mon estomac que part son invisible matière qui remplit mon narcissique d'ego. Les critiques négatives il ne m'en faut pas par crainte de me faire dégringoler. Pour cela, je redouble de précaution et de travail afin d'éviter toutes critiques négatives, acceptant seulement un conseil ou suggestion personnelle.

J'ai appris à obtenir d'excellents résultats avec cette pâtisserie à la banane que j'ai su décliner en différente sauce, goût, aspect, couleur. Le peu de fois où des amis sont venus dîner à la maison, ils me réclamaient ce gâteau en dessert. J'ai appris à l'améliorer. En fonction de mes hôtes j'agrémente avec des parfums différents la consistance de ce dessert. Après la réussite de cette pâtisserie, je pris la décision de me laisser tenter par la cuisine. Il est vrai, que tous les légumes que je cultive dans mon merveilleux jardin m'oblige à les employer dignement. Il ne m'est pas tolérable de gâcher mes délicieuses tomates «cœur de bœuf» en les coupant dans un vulgaire saladier en verre. Non, cela aurait été un affront envers tout le mal que je me donne à cultiver ce fruit. Mes tomates je les prépare noblement. Cette grosse tomate pourpre à la véritable saveur de tomate, je la coupe en de fines rondelles, sur lesquelles je dépose du basilic. Ce basilic prend vie et grandit dans un pot, à coté de l'évier de la cuisine. Je laisse tomber telle une légère pluie fine l'huile d'olive qui dégouline sur les tomates. Puis je rajoute quelques lamelles de parmesan ou de mozzarella qui viennent apporter une touche de lumière. Parfois, je rajoute une cuillère de tapenade qui fait ressortir le goût de l'huile d'olive. J'en dispose une dose supplémentaire dans une coupelle pour les plus gourmands. En tout dernier ingrédient,et totalement personnel puisque je n'ai jamais mangé une seule de mes crudités sans la saupoudrer de germe de blé. Quel délice.
Maman m'a appris à cuisiner sainement et sans trop de matière grâce. Sa cuisine n'était pas lourde à digérer. Je n'ai pas le souvenir d'avoir une seule fois était malade après un repas. Elle savait doser avec les mélanges du gras et du sucré. Elle ne préparait jamais des frittes avec des viandes panées, ni un aïoli avec des asperges, ou une soupe avec une île flottante en dessert. Elle était bien placée pour nous préparer des bons plats avec des légumes savoureux. Elle avait un cahier, recouvert d'un protège cahier en plastique vert, tout usé, dans lequel elle y avait répertorié toutes ses recettes qu'elle tenait de sa mère et d'une année

de scolarité en hôtellerie. Ce cahier elle y tenait comme à la prunelle de ses yeux. Très jeune, sans bien trop savoir lire, lorsqu'elle préparait un plat, me tenant à ses cotés, j'y voyais en tournant des pages, des chiffres, des petits dessins, des notes, des tâches d'encre et souvent le reste d'une goutte de lait qui s'était échappé de sa bouteille ou de la farine dont le blanc effacé les lignes.
Elle me raconta, un après midi pluvieux en préparant des petits choux à la crème, que dans son établissement où elle avait grandit, puisqu'elle aussi avait été mise en pension très jeune, qu'au cours de cette journée d'un 25 décembre, les bonnes sœurs avaient préparé des choux à la crème. Elles voulaient apporter un peu de douceur, pour faire plaisir à toutes ces petites orphelines, en ce jour de Noël. Une petite maline de sa classe, à qui une des sœurs avait mit un terrible gifle devant toutes ses camarades parce qu'elle fredonnait une chanson d'amour d'Edit Piaf, s'était promis de se venger. Ces chansons là ne se chantaient pas dans ce type d'établissement. C'était interdit. La morale et la charte de l'établissement devant être respectées au mot juste, le moindre écart était durement puni pour donner une leçon et un exemple aux autres. Elle avait réussi à remplacer discrètement la crème d'un des choux par de la moutarde.
Au moment de la distribution, elle se proposa de faire le service, se dirigea vers la sœur qui l'avait sanctionnée, lui présenta ce chou épicé et lui souhaitant une bonne dégustation en souriant naïvement. Sœur Annette avala son chou.
Seules les personnes qui ont vues le dessin animé « Tex Averi », ce grand loup qui sort son immense langue et ses yeux qui tels des boules de bilboquets sont projetées dans l'espace et reviennent se placer dans leurs orbites peuvent avoir une image précise de l'état que vivait cette bonne sœur.
   Des larmes sortirent de ses yeux. Des marques rougeâtres sur les joues montraient ce qu'elle endurait. En aucun moment, elle ne se permit de hurler son mal. Elle resta stoïque. Regarda une par une les jeunes filles et stoppa son regard vers cette généreuse jeune serveuse qui pouffait de rire. Sœur Annette se ressaisit, prit un chou, remplaça la crème par de la moutarde et ordonna à la jeune fille de le manger. Cette dernière, refusa, le jeta parterre et le piétina en chantant haut et fort une nouvelle chanson d'amour de Savatore Adamo pour lui montrer qu'elle en connaissait plusieurs des chanson qui évoquaient le mal.
Ce fut la dernière fois que maman vit cette jeune fille. Le lendemain elle quitta l'établissement. Cet événement montra à maman qu'il fallait savoir se faire respecter, même face à des plus grands et plus forts que soi qui portent une soit disant foi et l'amour de l'éternel.
 Maman profita de cette anecdote pour me de dire qu'elle estimait qu'il était bien de ne pas reculer devant l'ennemi. Il fallait toujours l'affronter et se battre contre l'injustice. Cela lui servit de modèle de vie. Désormais, plus personne n'allait lui imposer ni ses lois ni ses désirs.

C'est d'ailleurs ce qui me donna l'idée de mélanger du piment avec de la farine, pour notre ami Martiniquais Manu. Il trouve la cuisine française trop fade. Ce joyeux garçon, au visage fin et au sourire franc m'apporte bonne humeur à chaque fois que je le voie. Son esprit est vif. Il est toujours souriant, aime la danse autant que le Rhum. Gabriel l'a rencontré dans le cadre de son travail, au cours d'une assemblée générale. De suite la sympathie s'est installée entre eux deux. Manu est célibataire. Il a une façon très particulière d'aborder la vie. Il refuse toute vie commune avec une personne du sexe opposée, bien qu'il soit hétérosexuel ni misogyne. Il est persuadé que la vie sans femme à la

maison c'est la perfection. Il a chez lui un porte manteau sur lequel
est inscrit : « Pas de femme, pas de souci». Il nous raconta qu'il avait
grandi auprès de six sœurs ultra protectrices.
-« Des femmes j'en suis vacciné.» nous répète t 'il lorsque nous lui
demandons où il en est avec son harem.
 Il n'arrivait toujours pas à comprendre: - « Comment son père a t'il pu
supporter toutes ces femmes dans la maison?».
C'est pour cette raison qu'il est venu s'échouer sur le continent: fuir
ces femmes de sa propre famille qui le harcèle, confondant le bonheur à
deux avec la sérénité en solo.
 Je le trouve amusant et souvent nous nous faisons de gentilles blagues.
Un jour je lui ai préparé un dessert dans lequel j'avais mis beaucoup
trop de piment; par erreur. J'ai nommé ce dessert; l'oiseau du paradis.
Car je le prépare avec du piment oiseau. Mais ce jour là, ma main a mal
dosé le piment.
 Il en était reparti les joues écarlates par cette main trop lourde sur
l'épice mais aussi avec tout le reste du gâteau dont il ne perdit pas une
seule miette, tant j'étais tombée pile sur ses goûts.
C'est aussi ce jour là que je compris ce que la bonne sœur avait ressenti
en mangeant son chou à la moutarde, à la différence prêt, que sans
orgueil, je le crachai aussitôt.

Je pris la décision, à ce moment là qu'il fallait que je me donne des
défis hebdomadaires pour lesquels je ne serai pas l'ordonnatrice mais
seulement la réalisatrice.
Pour cela, j'accroche une ardoise sur le placard de la cuisine. Les
copains passant nous saluer, peuvent y écrire, à coté de son prénom le
plat de son choix que je dois réaliser le jour de leur invitation.
Certains, par souci de bonne conscience, me donnent une petite somme
d'argent qu'ils posent dans une pochette à coté de l'ardoise afin de
m'aider à acheter les meilleurs produits pour la préparation de leurs
plats. Il est vrai que quelques composition me demandent outre le temps,
une bourse généreuse puisqu'ils sont composés de truffes, parfois de
homard, fruits de mer et bien souvent d'autres marchandises toutes aussi
onéreuses. Il pèse sur moi une vraie pression. Je me dois de réussir
chacune de ces recettes. Quelque chose s'est passée en moi où l'échec n'a
plus sa place.
Jeany, la sœur à Gabriel écrivit sur l'ardoise: Gâteau à la banane pour
Concours PACA.
Effectivement, un soir au cours d'un de ses brefs passages à la maison,
discrètement, en partant, sans mot dire, elle écrivit ce mot sur
l'ardoise.
Jeany réside à Hawaï dans un quartier d'Honolulu. Elle travaille dans un
des plus grands restaurants de l'île. Elle passe nous voir le temps d'un
week-end, durant son unique congé annuel qui lui permet de reprendre
contact avec tous ses amis et famille et se remplir de l'atmosphère
française.
Ce jour là, elle me mit une sacré pression puisque j'allais devoir
présenter mon dessert face à un des jury les plus prestigieux. Et peu
importe qui aurait pu être le jury, mais devoir me justifier face à des
inconnus et évincer mes concurrents, ne correspondaient pas du tout à ma
façon d'être.
Elle savait parfaitement que c'était la seule manière de m'inscrire à ce
projet que j'aurai refusé s'il m'avait été seulement évoqué verbalement.
 Maintenant que j'étais inscrite, grâce à une de ses relations avec un
des membres du jury, il m'était impossible de me rétracter, sauf si je
venais à mourir subitement! Bien sur cela je le désirais encore moins.
 Aussitôt après cette lecture, je me mis dans une colère noire et lui en

ai voulu terriblement pendant plusieurs jours.
D'autant plus qu'elle avait totalement disparu de la France et ne répondait plus du tout ni à mes appels ni à mes courriels. Après une grosse semaine de couleur piment oiseau sur mon visage,je finis par changer ma façon d'analyser cette situation que je considérai dramatique, en me donnant un nouvel objectif. Je me dis que cela me permettrait certainement de m'améliorer et de me dépasser. Je n'avais pas grand chose à perdre finalement. J'ai très peu d'orgueil et encore moins d'ambition. J'avais un mois avant la compétition soit 31 jours ou 744 heures sans dormir, donc bien 500 essais et tests afin de créer mon dessert.
Jeany est l'aînée de Gabriel, ils ont 8 ans de différences. De stature très grande avec une énergie débordante,sa personnalité atypique la caractérisent d'ouragan. Après de brillantes études dans le domaine du droit pénal, elle devint un très grand avocat redouté. Elle rencontra l'homme avec qui elle allait se marier devant un parterre de magistrats, défendant les droits d'une victime au cours d'un difficile procès qu'elle finit par gagner avec hargne et foi en son client. Ébloui par la beauté et la personnalité de cette inconnue Grégoire tomba éperdument amoureux à la seconde où elle se présenta devant lui. Même s'il était un des plus grands magistrats de la région, il fut pris par un sentiment qui jamais ne le lâcha.
La vie était merveilleuse pour ces deux amoureux. L'oubli des fiançailles pour s'engager plus rapidement dans le mariage ne fut pas la meilleure idée de Jeany, qui vivant toujours à cent à l'heure, brûlait des étapes. Peu avant leur union, son futur époux l'informa qu'il venait d'apprendre une horrible nouvelle qui le mettait dans une désagréable situation.
Cette soirée là, lorsqu'elle rentra dans leur jolie maison, elle, aussi souriante et pleine de vie, que Grégoire la tête basse, endeuillé, ne savait pas comment il allait expliquer à Jeany ce qu'il venait d'apprendre. Grégoire qui est de nature fine et délicate à l'éloquence franche et mesurée ne trouva pas de mot déguisée pour expliquer cette situation aussi incongrue que dramatique.
Seulement, la phrase venait d'être lâchée. Sombre - austère - noire - mortelle. Cette phrase sortit d'une bouche encore sous le choc s'adressant à une oreille grande ouverte dépourvue et ahurie.
Combien de fois regretta t'il cette phrase?
Mais, la volcanique Jeany bondit sur Grégoire qui ne put jamais lui dire un mot de plus que :« je viens d'apprendre que je vais être papa »
Jeany ne chercha ni à savoir de qui il s'agissait, ni si cela était véridique. Elle lui administra une gifle magistrale et partit sans plus jamais donner signe de vie à cet homme qui venait de déchirer son cœur et briser son avenir.
Grégoire la laissa partir. Il pensait qu'elle allait retrouver une copine pour prendre un verre et oublier ce qu'elle venait d'entendre. Il la laissa partir sans mot dire, espérant que le lendemain une explication pourrait balayer cette histoire.
Il la laissa remettre sa veste, prendre son sac à main et claquer la porte d'entrée, sans réagir.
Il ne savait pas que Jeany irait se diriger vers l'aéroport le plus proche et demander au premier guichet quel était le prochain vol et s'il restait un siège. Il ne savait pas qu'il ne la reverrait plus jamais.
Le vol suivant partait pour San Fransisco. Elle prit un billet et s'installa sur un siège, dans la salle d'embarquement, avec comme tout bagage, son sac à mains et ses papiers d'identité.
Elle téléphona à Gabriel, lui demanda de récupérer ses effets personnels dans l'appartement qu'elle partageait avec Grégoire et venir récupérer son véhicule dans le parking de l'aéroport. Elle le mis au courant de ce qu'elle venait de traverser. Les paroles de son frère ne purent la faire

changer d'avis.
Têtue comme une mule, Jeany préféra détruire son cœur.

 Gabriel avait pour mission de récupérer la voiture à l'aéroport. Les
clefs étant cachées sous la roue avant du véhicule et de récupérer toutes
les affaires qu'elle avait chez Grégoire, en attendant son retour.
Gabriel pensait qu'elle s'absentait quelques jours, le temps d'apaiser sa
colère et qu'elle rentrerait très vite. C'est pour cela qu'il ne prévint
pas Grégoire le soir même. Par ailleurs sa sœur lui interdisait de
donner le moindre détail à Grégoire . Elle avait décidé de le chasser de
sa vie et de son cœur pour l'éternité et les 50 prochaines vies à vivre.

Gabriel exécuta à la lettre les demandes de sa sœur.
Dans le hall d'embarquement ; les personnes assises à coté d'elle avec
qui elle parlait et sympathisait, partaient s'installer pour Hawaï.
Sans trop réfléchir, elle décida qu'arrivée à San Francisco elle
compléterait son trajet en achetant un billet via Hawaï où elle aussi
irait déposer non pas sa valise, mais sa nouvelle vie et son sac à main.
voilà maintenant trois ans, qu'elle habite l'île.
Elle dit ne pas regretter d'être partie. Elle ne l'aurait jamais fais
sans cet enfant que Grégoire lui a fait dans son dos.
Gabriel garde un contact avec Grégoire. Ils se connaissent depuis quatre
ans. Il sait à quel point cette histoire a détruit la vie de cet homme.
Cet homme sombra dans une dépression telle qu'il ne réussit jamais à s'en
sortir. L'enfant qui grandissait loin de chez lui avec sa traîtresse de
maman, pour lequel il se devait être juste un père carte bleue, lui
rappelait tous les jours à quel point cette situation le rendait
malheureux.
De son coté Jeany, soutenue par ces nouveaux amis, trouva rapidement un
appartement et accepta de travailler dans leur petit restaurant au bord
de la plage. Elle apprit les bases de la cuisine et s'acharna afin d'être
la meilleure. Elle passa tout son temps à apprendre. Finalement, elle
se fit rapidement une réputation de grand chef. Elle trouva un
établissement digne de ses capacités. Après deux années passées dans
l'île, elle pensa qu'elle pouvait revenir faire un tour sur le continent,
retrouver ses amis et famille.
La troisième année, elle apprit que Gabriel était amoureux et avant qu'il
ne s'engagea, elle voulait voir qui était la jolie Lucie, qui rendait son
frère heureux. Jeany avait fait un trait sur toute relation amoureuse
possible, aucun sentiment. Elle consacrait sa vie à la cuisine et aux
autres. Personne sur l'île ne connaissait sa vie passée en France. Elle
disait qu'elle fuyait une vie de fourmilière pour se transformer en une
de cigale. Sauf qu'elle était devenue une vraie fourmi à part entière,
voire la reine. Sur l'île elle fuyait toute relation sentimentale
prétextant qu'elle était incapable d'aimer. Elle réussit à s'oublier en
compensant dans le travail et elle en triomphait. C'est au cours d'un
repas dans le restaurant qu'elle rencontra un des membres du jury avec
qui elle sympathisa fortement puisqu'il venait de la même ville en France
qu'elle et qu'ils avaient été dans le même lycée. Ils partageaient en se
remémorant des souvenirs de lieux de visites, de musés, d'endroits
fabuleux, parfois même de gens qu'ils connaissaient.

 Elle ne revit jamais Grégoire.
Gabriel ne lui parlait plus de Grégoire.
Mais Grégoire,lui prend des nouvelles de Jeany. Il suit son quotidien sur
les réseaux sociaux et glane de ci de là des informations auprès de
Gabriel. Ces nouvelles lui permettent de se maintenir en vie.

Pour s'en sortir, il s'invente une vie s'imaginant vivre à ses cotés, à Hawaï, dans leur restaurant, loin de ce monde qui le rend dépressif. Il se dit que peut être, un jour quand il ira mieux, il prendra lui aussi un billet pour Hawaï et qu'il tentera de redonner vie à ces deux cœurs détruits.

Chapitre 6 : de manques

Les yeux écarquillés tel un hibou dans une nuit sans lune, je me redresse en pleine forme. Le mal au ventre m'a passé. Je constate que mon cadeau est toujours là. Il n'y a aucune trace d'orgie alimentaire qui ne traîne pas terre. Je me dis que j'ai du faire un cauchemar tant je devais manquer de sucre.
Je me rapproche de la table. Je récupère mon colis. Je le presse contre mon cœur. Qu'il est bon d'avoir quelque chose à soi. Le soleil s'est couché. J'entends les cloches de l'église qui annoncent vingt heures. Les seules lueurs qui éclairent la maison sont celles des lampadaires et les lumières des décorations des propriétaires qui se reflétant dans mes vitres. Elles m'apportent une légère clarté dans ce soir hivernal.
 Malgré le froid, j'ai horreur de fermer les volets. J'aime voir ce qu'il se passe autour de chez moi. Souvent, je me tiens debout, cachée, derrière les vitres de mon studio, à épier les passants en train de papoter certainement de banalités avec les commerçants. Du haut de mon immeuble, invincible et puissante où le seul dialogue que j'entretiens, c'est celui qui sort de mes lèvres et celui que je partage avec ma seule et fidèle amie: Moi. Je m'invente des dialogues et parfois réussie à en rire, reproduisant les mimiques des épiés.
J'aime la nuit. J'aime admirer toutes ces lumières artificielles. J'aime regarder le ciel étoilé. J'aime la lune, si belle quand elle est pleine. Elle éclaire des pans de mur de mon appartement que je distingue parfaitement, ainsi que le sol.
J'allume les trois bougies qui me servent d'éclairage et de chauffage. L'une est posée sur la table, les deux autre par terre, de chaque coté du sofa. Je me sens comme une reine rayonnante par cette douce lumière. Leur flamme vacille au gré de mes déplacements.
Parfois la flamme est jaune, parfois bleue, parfois rouge. Elle lèche l'espace vide de la pièce. Elle me parait dansante, filiforme interminable, un brin nostalgique éclairant mes souvenir d'enfant et des contes que me racontait ma grand-mère, lorsque petite je dormais dans sa chambre. Nos regards étaient proches de cette longue mèche que gardait Mamie, toujours auprès de son lit avec sa bible et le portrait de sa famille.
Noël c'est aussi cela, une réunion familiale faite d'absents, partis pour l'éternité et pourtant toujours bien présents.
 Bien qu'aujourd'hui ce ne soit encore que le 23 décembre, nous nous approchons du jour le plus court de l'année. Le plus court en luminosité solaire donc le plus long en luminosité artificielle. Toutes les lumières doivent briller de tous leurs feux pour éclairer nos vies en cette période froide et sombre.

Je prends un ciseau. Tout comme le ferait, le plus minutieux des tailleurs, je coupe délicatement les ficelles qui entourent mon colis. Je le libère de ses chaînes. Je fais attention de ne pas écorcher le papier cadeau qui me servira, probablement, à emballer un prochain présent et m'évitera d'acheter un rouleau de papier neuf.
Je le plie et le range dans un carton.
Là: devant moi, dépouillé de ses attributs, apparait le colis. Un carton marron, banal, sans aucun artifice, sans effet de surprise, je le regarde. Ne cherchant ni à se défendre ni à résister, il s'offre à moi et s'abandonne dans mes mains. Je lui dis que je ne lui ferai aucun mal. Tout va bien se passer. Dans quelques secondes, il sera soulagé de ses articles.

J'ouvre le carton. Je rabaisse les battants qui se dirigent vers le bas
et plonge ma main à l'intérieur.
J'en ressors une petite boite de chocolat que je dirige vers mon nez, les
yeux fermés pour mieux les apprécier. L'odeur du cacao traverse son fin
carton qui les enveloppe. Avant de les savourer, je me remplis les
poumons de leurs délicates fragrances qui ne comblera pas mon estomac
mais m'apportera un vrai réconfort. Je pose la boite de chocolat à coté
de moi, sur le canapé.
Sous les chocolats, je découvre un paquet de nougat noir bien dur et bien
gorgé de miel et d'amandes. Mes dents émettent un crissement à l'idée de
la brosse qui va devoir doubler d'énergie pour nettoyer tout ce sucre.
Enveloppée dans un emballage sous vide, une belle tranche de magret de
canard entourée de graisse se présente à moi avec pour accompagnement
une petite boite de conserve de marrons cuisinés et prêts à être
dégustés.
Je me demande comment vais-je pouvoir faire cuire cela ; je ne suis pas
certaine d'avoir de poêle adaptée à ce morceau de viande.
 Dans le fond du carton, deux longues bougies rouges enroulées dans un
emballage transparent sont posées au coté de deux sets de tables en
plastic. Une jolie fleur en tissu vient terminer ce tapis d'objet de
décoration. Cette fleur est une magnifique rose argentée, parsemée de
paillettes brillant de mille diamants. Voilà de quoi réjouir une jolie
table.
Persuadée d'être arrivée à la fin de mes cadeaux, voilà qu'apparaissent
sous les sets de tables deux petits anges. Ce sont des savons de la
savonnerie de Boulbon, délicatement parfumés à la lavande.
Puis, mes doigts heurtent un objet dur et volumineux qui prend tout
l'espace du fond du carton, comme un double fond d'un coffre aux trésors.
Ce n'est pas fini, mon euphorie qui double de secondes en secondes, les
yeux grands ouverts et les joues rougies d'un tel moment de satisfaction,
me rendent une fois de plus hébétée: quelle surprise et quel fou rire me
prend t'il lorsque je retire le dernier objet : un livre de recettes.
C'est un très beau livre à la couverture douce et soignée. Le titre est
écrit en lettre brodée or. En le feuillant, les pages sont lisses,
glissent sous mes doigts et dégagent un parfum de papier qui me rappelle
de l'amande amère. Les photos sont jolies. Dommage que je n'aime ni
cuisiner, ni manger. Voilà un cadeau qui ne me servira à rien!

J'ai appris à créer le meilleur gâteau à la banane de la région. J'ai su remplacer les pépites de chocolat par du vrai chocolat que je fais fondre dans des casseroles de cuivre. J'ai opté pour une délicate pâte que j'applique tel des lasagnes en séparant rangée par rangée le chocolat, les bananes, les noisettes. Chaque part de gâteau est présentée dans une petite coupelle en forme de barque qui a l'avantage d'avoir en son fond trois compartiments dans lesquels je rajoute une louche de chocolat chaud, une louche de crème anglaise et une boule de glace à la pistache. Je complète en rajoutant un objet en forme de ver luisant confectionné avec de la gélatine et du « Grori » particule qui s'éclaire en contact avec le lait tel que me l'a appris mon grand ami Luc. Tel une méduse dans un océan, ma luciole éclaire mon dessert. Grâce aux conseils de Jeany, avec qui je communique via le net presque tous les jours, et après avoir enterré la hanche de guerre, j'ai appris à choisir mes matières premières, à patienter, à improviser, gouter et critiquer jusqu'à ce que la perfection accompagne mon dessert. Jeany sait me conseiller. C'est d'ailleurs elle qui me donna la référence d'un cacao prêt à cuire dont l'arôme changea considérablement la qualité de mon gâteau. Le cacao je le fais venir de Bayonne, capitale du cacao. Je pris le temps de faire un aller retour pour faire le tour des meilleures chocolaterie dans cette ville. On trouve dans cette ville, à mon goût, les meilleurs cacaos , des chocolat aux saveurs aussi nobles que diverses. Il y a plusieurs chocolateries dans Bayonne. Il suffit de regarder les vitrines pour en avoir l'eau à la bouche. En entrant dans chacun de ces établissements, je comprends qu'il est impossible de résister à cette noble gourmandise. Dès que je rentre dans une chocolaterie, une odeur sucrée se disperse dans la pièce. Le cacao est présenté sous une grande panoplie de saveur, de couleur, de forme. Tous ces chocolats proposés les uns avec les autres donnent envie de les déguster. Certains avec leur arôme céleste, léger, parfois amer font partis de mes préférés. Les vendeuses me laissent le temps de flâner, de sentir et même de tester quelques poudres à son état pur, sachant que je vais faire leur publicité lors de ce concours. Avec hésitation, un, finit par retenir ma sélection. Il me sera servi avec le même cérémonial qu'adopte les japonais avec le thé. En effet, si la qualité du chocolat est primordiale pour réussir un chocolat chaud, digne de ce nom, les instruments jouent aussi un rôle capital ainsi que le matériau dont il sont fait ; bois de moussoir, porcelaine de la tasse, chocolatière en cuivre, or, argent étain, porcelaine, faïence... J'apprends, que c'est au XVIII ieme siécles que sont dessinées et fabriquées les plus jolies chocolatière. Pour certaines, qui sont devenues de véritable objet d'art, ont été réalisées en argent. Puis certainement pour des raisons d'esthétique et de confort les services à chocolat ont été faits en porcelaine. C'est Madame de Pompadour qui commanda le premier service à chocolat en porcelaine de chine à la manufacture de Sèvres. Le récipient à panse arrondie ou en forme de cône tronqué muni d'un bec verseur et d'une poignée horizontale est fermé par un couvercle percé d'un trou pour le passage du batteur. Objet de luxe à l'origine, la chocolatière devient de plus en plus populaire et accessible en Europe. Certaine chocolatière etaient fabriquées avec trois pieds afin d'y glisser un réchaud.

Pour préparer cette boisson, les chocolatières disposent d'un trou au milieu de leur couvercle pour passer le manche du moulinet ou moulinoir qui sert à faire mousser le chocolat pour lui donner son arôme. Le moulinet est une petite masse de buis ont la tête est ciselée, avec un manche assez long par apport à la grosseur de la tête qui remplit presque toute l'embouchure de la chocolatière.
Les vrais amateurs de chocolat chaud le serve aujourd'hui dans des tasses à chocolat en porcelaine de limoges. Autre fois, il était servi dans des tasses en argent avec sous tasse en argent ou dans des trembleuses avec cuillères assorties et parfois un couvercle afin de conserver au chocolat tout son arôme. On pouvait faire bouillir de l'eau en y ajoutant une once de chocolat râpé, du sucre, et parfois une pincée de cannelle ou un clou de girofle pour lui donner une saveur plus épicée. Il était même possible d'y ajouter de la crème fraîche ou du sirop d'orgeat au moment de le servir.
Je me fis un devoir de déguster ce précieux breuvage servi dans une tasse en porcelaine avec un rebord semi-circulaire à la forme d'une moustache et une petite ouverture en forme de demi-lune qui permet au chocolat de passer vers les lèvres. Cette astuce permettant de protéger les moustaches des messieurs de l'époque victorienne.
Je le dégustai en y apportant une touche de cannelle et une cuillerée de chantilly qui me procurèrent un frisson tant je vivais un moment de ravissement et de délice.

Le jour tant redouté arrive. Je suis dans un tel état de stress que je suis obligée de retourner dans ma voiture boire l'équivalent de deux petits verres de vin. J'ai un peu honte de cette situation. J'ai la sensation d'être comme une alcoolique qui se cache pour prendre sa dose de vin, à l'abri des regards critiquent. En me levant ce matin-là, un peu plus tôt qu'à l'habitude, j'avais prévu de me préparer une petite dose de vin ; que j'avais transvasée dans une bouteille de limonade et préparé un thermos de café.
C'est les joues rouge et un peu euphorique que je sors de mon cartable mes différentes fiches mnémoniques que je scotche devant moi, sur le plan de travail.

Gabriel me donne un dernier baiser et me dit qu'il préfère me laisser seule. Il sait que j'en ai assez avec mon stress et qu'il n'est pas nécessaire que je prenne en plus le sien sur mes épaules. Il part faire un tour dans la ville à la recherche de nouvelles lectures dont il est tant friand.
Nos fidèles amis sont là eux aussi. Il n'était pas question qu'il rate ce spectacle. Finalement, les garçons se joignent à Gabriel. Un bon café ou une bonne bière fera une bonne diversion. De toute façon, les garçons ne me servent à rien. Au contraire, sentir leurs yeux braqués sur moi, m'auraient rendue encore plus préoccupée.
Leurs femmes, mes amies, elles, elles restent bien présentes.
Elles sont là, elles m'aident dans l'organisation de mes affaires et de mon espace. Elles m'aident à transporter mes ingrédients, mes matières premières. Elles m'ont fait une petite remarque sur mes joues rouges.
« Dis donc, ma chérie, tu ne te serais pas envoyée un petit calva sans proposer à tes copines ? »
Mon sourire en forme de banane et mon clin d'œil de borgne en disait long sur la réponse et mon état.

Nous sommes une quinzaine de participants.
Nous avons été choisi par recommandations (moi c'est Jeany qui a effectué cette première démarche) puis par une sélection qui a validée

notre motivation. Après un dernier contrôle sérieux, où seuls les non professionnels dans un métier de bouche pouvaient être retenus, j'ai validé ma place.
Nous sommes répartis dans un superbe domaine face à la mer méditerranée. Ce château somptueux qui nous accueille, possède un jardin très étendu, avec un petit lac et de splendides fontaines, dans lequel chacun des participants dispose d'un emplacement de vingt mètres carrés sous chapiteau, totalement adapté à cette situation. Le gazon fraîchement tondu répand son odeur d'herbe sèche. Les jasmins en pleines effervescence sont un ravissement pour les yeux et l'odorat.
C'est un lieu unique dans un cadre exceptionnel.
Le vert du jardin et le bleu de la mer méditerranée face à moi me remplissent d'oxygène et de bonheur. Je me sens de bonne humeur malgré ce stress permanent. J'ai conscience de l'énorme chance d'être là.
Contrairement aux autres participants qui naviguent d'un chapiteau vers un autre pour ausculter suivant les ingrédients ce qui pourrait bien être préparés, je me refuse de venir voir comment eux, se sont installés. Mes anciens réflexes de sauvages ressurgissent. De la même façon comme quand je rentrais dans mon immeuble et me repliait sur moi, courbant mon dos, afin d'éviter de croiser un regard méprisant.
Néanmoins, je connaissais chacun des participants les saluant à mon arrivée autour d'un petit déjeuner aussi chaleureux que convivial. Je les avais averti que j'étais aussi discrète que sauvage. D'ailleurs en passant, l'un d'entre eux me dit : « bonne chance la biche sauvage»
 Cette fois ci j'avais un bonne raison de ne pas me laisser déconcentrer. Tout ce monde autour de moi me faisant quand même peur. Je me sens comme dans une fourmilière à dimension humaine. Mes parents aussi sont là, je les sens proche de moi. Ils occupent par moment tout mon esprit. Résonnent dans mes oreilles les phrases de maman : « Prouve leur que tu es la meilleure. De toute façon tu es la meilleure. Tu as appris, travaillé, tu t'es investie, c'est maintenant que tu vas leur montrer. Respire et ne pense qu'à ta réussite.»
Puis papa : « Vas y fillette. Crois en toi. Nous aussi nous avons travaillé pour nourrir le monde. Tu es notre suite, notre continuité. On t'aime, ne l'oublie jamais ».
Le téléphone vibre, c'est Jeany qui m'appelle pour un dernier message de soutien.
Le temps de quelques secondes je ne sais plus, si c'est Jeany qui me parle à l'oreille ou si mon cerveau reçoit un message de l'au delà.
Je réponds : « Message bien reçu ».Jeany me demande pourquoi ? Je lui réponds que j'ai bien entendu les encouragements.
Elle me dit qu'elle ne m'a encore rien dit. Bref, je raccroche et coupe le téléphone. Je n'ai plus le temps de réfléchir à qui me parle.
 Place à la pratique maintenant. J'ai besoin de toute ma tête.
 Maintenant, c'est au tour de mes deux amies de devoir partir. Je me retrouve seule. Un dernier bisou un grand enlacement et me voilà seule.

 Je suis seule, face à moi, face à ma confiance, à tout ce sens que je donne à ma vie, à mes capacités. Je prends une grande respiration et me dis que quoi qu'il se passera par la suite, je dois être fière de moi. Je porte en moi des racines de famille aux valeurs nobles. Je vais faire de mon mieux. Ce qu'il en résultera sera une décision qui n'aura de la valeur que pour le gagnant. Les autres participants auront tout aussi gagné. Ils auront gagné car ils sont présents.
Je suis fière de tous ces participants qui sont mes rivaux. Grâce à eux je m'améliore et me bats pour être encore meilleure.
C'est eux qui me donnent l'espoir de ma réussite.
C'est eux qui me boostent.

Sans eux, il n'y a pas de compétition
Sans compétition, il n'y a pas de challenge.
Sans challenge, il n'y a pas de dépassement.
Et sans dépassement, la vie est monotone.
Alors : merci à vous. Merci à chacun des candidats de vous prêter à cette
compétition.

La grande pendule posée face à moi me regarde avec sa trotteuse qui ne
cesse d'avancer. Il me semble entendre son tic tac répétitif me préparant
à une cadence rythmée.
J'enfile mon tablier. Pose mes deux mains sur le plan de travail et me
vois déjà répéter tous ces gestes que je connais par cœur au rythme des
tic tac , tic tac...la tête légèrement abaissée et les yeux clos.
Rapidement, j'analyse tous mes geste et je sais que le temps imposé me
parait suffisant. Je sais que je suis à ma place.
  Je me suis entraînée à être rapide, méthodique, organisée afin de
respecter les délais. Un léger sourire aux allures d'une banane, se
dessine sur mon visage.
Me voilà donc dans la cour des grands. M'y voilà, j'y suis. Moi,cette
toute petite fille ancienne anorexique parmi des gourmands. Parmi des
ogres, des ventres remplis de nourriture qui ont pour mission de faire
saliver les papilles de tout un peuple de gourmet, normaux, eux !. Je
suis donc avec eux.
Top départ. La sonnerie retentit.
Le temps qui s'écoule ne m'effraie pas. Je reste dans ma bulle de
concentration, dans mon espace, ma zone. Telle une petite fée, je réussis
à coup de baguette magique à accomplir étape par étape mon dessert.
Mes gestes sont précis.

Je suis la seconde à taper sur le buzzer jaune à la forme de champignon
pour signaler que j'ai terminé mon dessert, avant même le temps imposé.
  Quelques photographes viennent prendre des photos de mon travail et de
moi. Je n'aime pas être prise en photo, alors je mets des grosses
lunettes et un immense chapeau qui cache mon visage. Je leur demande
d'arrêter de me photographier.
Très rapidement, un des responsables me demande de me rapprocher des sept
personnes qui forment le jury et de leurs apporter mon œuvre. Je
m'exécute. J'entends des personnes dire que ce doit être très succinct vu
la rapidité à laquelle j'ai effectué mon dessert. Qui dit succinct, dit
mauvais.
  Je présente mon dessert au jury qui est assis devant moi sur une belle
estrade qui me rappelle vaguement le noël de mes quatre ans. Ils sont une
pléiade à regarder mon énorme coupelle de couleur taupe, dans laquelle
flottent plusieurs lucioles vertes qui luisent. Il y a quatre grosses
boules de glace de pistache posées en son extrémité, sur un lac
flamboyant de différentes couleurs. Les bâtons de vanille et les feuilles
de menthe représentent des arbres et accentuent les parfums. Le jury est
surpris de l'effet des lucioles scintillantes. L'un d'entre eux me
souligne que cela ressemble à une œuvre d'art aussi captivante que
surréaliste.

Je les regarde à mon tour, attentivement, l'un après l'autre et droit
dans les yeux. Je leur temps à chacun une coupelle avec une cuillère afin
qu'ils puissent se servir et goûter mon dessert.
  Lorsque le premier se servira, gouttera une cuillère de mon œuvre, je
saurais à cet instant précis que cette première réaction sera
déterminante. Les expressions du visage ne trahissent jamais.
La surprise est ma luciole en chocolat verte, avec un léger goût de

pistache, lorsqu'elle éclate en bouche, elle envahit le palais avec son goût de praliné aux fin éclats de noisette et de basilic sucré. J'ai mis autant de luciole que de jury dans mon lac afin que chacun puisse vivre ce moment unique et ne puisse pas en reprendre.
Après que chacune se soit servi. Il y a celui qui regarde la composition, celui qui renifle les odeurs, celui qui regarde en dessous la coupelle la magie de ce dessert, celui qui prend le temps de bavarder à son voisin, celui qui saute sur le dessert et le croque.
 L'un d'entre eux, me regarde et me fait un clin d'œil après avoir savouré sa première bouchée. Je me sens un peu gênée par cette réaction. C'est assez surprenant de la part d'un inconnu de se faire guincher. C'est lorsqu'il plonge une seconde fois sa cuillère dans le lac et savoure une des lucioles que son visage se transforme.
Une petite larme coule de ce même œil qui quelques instants plus tôt ressemblait à celui du visage d'un borgne.
Je lui offre un léger sourire et retourne à ma place. Je demande aux membres du jury de ranger mon dessert au frais afin qu'il puisse garder son aspect et son onctuosité.
Je regagne mon espace sous barnum auprès de mes copines Françoise et Cathy qui viennent de me rejoindre et m'encouragent. Elles sont persuadées que je serai la gagnante. La preuve, c'est que Françoise me dit avoir fait le tour des participants, en promenant son petit chien. Elle n'a rien vu d'extraordinaire. Aucun dessert n'a une apparence atypique. Elle ne peut rien dire sur les saveurs, mais elle a bien regardé et aucun dessert ne peut être comparé au sien, totalement travaillé visuellement, très beau, unique et abouti.

 Cathy pour se calmer me dit qu'elle va laver mes ustensiles. La bouche maquillée d'un rouge à lèvre couleur et goût chocolat, en dit long sur sa gourmandise. Il est hors de question de jeter le surplus de la préparation. Sinon: quel gâchis!
Françoise lui demande de laisser un petit quelque chose pour sa petite Tulipe qui aime bien lécher les fonds de plat.
J'ai rencontré Cathy par hasard. Elle était la sœur du meilleur ami d'un de mes cousins. J'ai de suite accrochée. Nous avons le même âge, la même vision de la vie. Aussi sauvage que moi, il était certain qu'avec Cathy, elle ne viendrait jamais m'envahir ni même s'immiscer dans mon jardin secret. Elle est toujours là lorsque j'ai besoin d'elle. Elle est toujours loin de moi puisque si je veux la voir, c'est à moi de me déplacer. Son mari, Alexandre est un homme doux, assez effacé, qui aime tellement sa femme qu'il ne relève jamais aucune querelle. Ils n'ont pas d'enfant. Cathy n'en voulait pas. Les grossesses lui faisaient peur depuis que sa grande sœur est décédée en couche. Un bébé qui ne pouvait pas passer par les voies naturelles et une ambulance arrivée trop tard sont deux bonnes raisons pour refuser une maternité.
 Leur vie est partagée entre leur travail de boucher traiteur et les bonnes œuvres auprès des centres d'aides aux personnes nécessiteuses. C'est quelqu'un qui aurait pu m'aider dans le passé, sans jugement, sans à priori, mais toujours avec ce don qu'elle a pour les autres.
Françoise, je l'adore. Je n'ai jamais connu dans ma vie, une personne aussi bien équilibrée, intelligente, serviable, sérieuse, fidèle et travailleuse. Françoise jolie petite rousse au minois espiègle sait aussi bien s'imposer que prendre de la distance. Françoise a cette facilité à rendre la vie agréable aux gens qui la côtoient. Elle est sociable et bavarde. Elle est capable de discuter avec un étranger dont elle ne connait pas un seul mot de la langue et partager un moment d'échange inoubliable. Françoise a une boutique de toilettage. Elle adore les animaux. Son mari Philippe, gérant d'un petit casino lui a demandé un

jour qu'il voulait quatre enfant. Françoise lui a répondu que s'il en
voulait quatre, il fallait d'abord commencer par un et lui devenir un
adulte. Il passe son temps à jouer.Il joue à tout, jeux vidéo, jeux de
société, jeux de boule, mais surtout avec leur chien et le 3 enfants
qu'ils sont ensemble. Pour le quatrième, Françoise lui a dit, c'est lui
ou moi, car avec toi j'en ai déjà quatre d'enfant !
Philippe a bien compris que la limite venait d'être atteinte. D'autre
part , il se rendait bien compte, qu'il y avait assez d'occupation avec
sa femme, les enfants, le chien, et tout le reste.

        Après deux heures où les minutes ressemblent à des heures, le jury
demande à tous les participants de se réunir.
«le choix a été difficile. Nous remercions tous les participants pour
leur travail. Néanmoins, à l'unanimité, nous avons retenu un dessert qui
nous a paru aussi osé, que réussi.»
Tous les participants sont là, à attendre le nom du gagnant. Chacun
espère entendre son nom au micro.

C'est en regardant chacun des participant que je réalise que je n'ai pas
réussi à retenir un seul des prénoms de toutes ces personnes. Je ne sais
pas qui ils sont, d'où ils viennent tellement que j'étais prise par mon
épreuve et par le stress.
Les échanges cordiaux prient au petit déjeuner se sont évaporés. Le
cerveau est capable de nombreuses situations.

Je constate aussi, en cet instant, que le membre du jury est composé
seulement d'hommes. Les quelques femmes à l'entour font partie soit de
l'organisation, soit des médias, soit des participantes comme moi. Cette
constatation me surprend. Et si les hommes étaient meilleurs cordon bleu
que les femmes ? En voilà une de question !
 Le stress arrivant, je commence à rentrer mes ongles en toute discrétion
dans la partie la plus charnue de mon poignet afin de me ramener dans la
réalité. Ne pas sombrer dans le pessimisme et rester présente face au
jury.
Il faudra que le président du jury formule une seconde fois le nom du
gagnant pour que j'entende de qui il s'agit, tant je suis stressée. Et
c'est le visage de certains participants qui se retournent vers moi qui
me ramène à la réalité.
Mme Lucy Nagicron.
Je n'en crois pas mes oreilles. Ce nom qui raisonne dans ma tête. C'est
le mien! Lucy Nagicron, c'est moi.

 Les copines se jettent à mon cou. Les lèvres des embrassades se
mouillent de larmes de joies.
–« Ah c'est Lucy, notre Lucy c'est la championne » me crie dans les
oreilles Françoise.

 oui, c'est moi qui reçois tous les honneurs, avec une médaille l'or et
les lots offerts pour cette première place :
-   La somme de 15 000€,
-   L'impression de ma recette dans trois livres culinaires,
-   Un week-end d'initiation culinaire dans les restaurants de chacun des
membres du jury,

 Ce jour là, l'un des plus beau de ma vie, dans lequel je remercie ma
belle sœur, Jeany, entourée de mes fidèles amis ainsi que ma famille qui

n'est plus de ce monde, et qui aurait été si fière de leur petite Lucy.
   Je découvre pour la première fois de ma vie, l'ivresse du bonheur.
Comme il est merveilleux de vivre un tel instant de joie.

Je suis applaudie. Les flashs crépitent autour de moi. Je ne sais pas qui
regarder. Je suis appelée,nommée, interpellée. Comme mon ego est flatté.
-«Lucy, un sourire c'est pour le journal … »
Il y a encore deux heures, personne ne savait qui j'étais! Voilà un des
miracles de la réussite.
Je ne sais plus où donner de la tête.
Je suis dans un de ces moments uniques que seules les personnes adulées
peuvent comprendre. Je suis une star. J'ai même droit à un tapis rouge
pour recevoir mon prix. Ce n'est pas bien grave, si je porte seulement
des tennis, un tee shirt et un petit pantalon en lin. Le plus important
c'est la personne qui est à l'intérieur de ce tissu, les strass et les
robes longues ce sera pour une autre fois.
   Je reste malgré tout droite dans mes bottes, car je ne cesse de penser à
qui je suis et d'où je viens. Comme mon parcours me parait beau
aujourd'hui. J'en suis tellement fière.Une partie de moi a envie de
hurler son bonheur. J'aimerais me jeter dans les airs, donner des coups
de poing contre cet invisible atmosphère pour être certaine que la vie
n'est pas qu'invisible. Invisible je l'ai été. Mais les copines
accrochées à mon cou m'empêchent de vivre cette folle joie et me garde
sur terre. Mon bonheur est innommable.

   J'aperçois Gabriel, au loin, qui tient ses mains rejointes en prière
devant son visage. Oui, il a bien entendu. Il vient justes d' arriver au
moment même où mon nom était annoncé dans le micro du jury. Il n'aurait
rien entendu que cela n'aurait pas changé grand chose, puisque à la vue
des copines se ruer vers moi, il a compris que je venait de remporter ce
titre tant convoité.
Nous avions très peu parlé de mon passé. Il savait simplement, que
j'avais une revanche sur la vie. Les yeux brouillés qu'ils fixent sur
moi, me dévoilent tout l'amour qu'il me porte et toute la fierté qu'il
éprouve pour moi.
Il finit par se ruer vers moi et m' étreint à m'en couper le souffle.
Les copines lui cédant rapidement leur place.
Lui, il savait que j'allais réussir. Et même si je n'avais pas réussi, il
savait que d'être venue affronter tous ces gens était déjà pour moi une
victoire.
   Il le savait, car il me tend le plus beau des cadeaux que puissent
offrir un homme. Il me temps des petits chaussons qu'il vient d'acheter
et me demande de réfléchir afin d'être la mère d'un enfant qu'il aimerait
que nous ayons ensemble.
Il n'a pas besoin de cette réussite pour être heureux. Sa réussite, c'est
moi, nous, notre couple, notre mariage. Aujourd'hui il aimerait bien
devenir papa. Et pour cela, il a besoin de moi.

Je ne peux plus retenir les larmes que j'ai su si bien retenir pendant
toutes ces années passées et que j'ai su si bien cacher jusque là.
L'état de bonheur a de plus au malheur : pleurer en public est une
émotion partagée de joie, alors que dans le malheur elle reste
douloureuse.
Mes larmes roulent sur mes joues et viennent mourir sur mes lèvres.
Certaines chatouillent mon cou. Chacune d'elle en jaillissant de mes
yeux, représentent l'exécutoire d'une vie parcourue de tant de tristesse.
Je ne sais pas à cet instant précis si j'ai réussi à évacuer toutes mes
peines devant toutes ces personnes qui n'ont jamais rien su de mon passé.

Je sais que je viens de me soulager d'un chagrin bien lourd et que mes
prochaines larmes je l'espère seront une fois de plus des larmes de
bonheur. C'est tellement mieux de pleurer de joie.
Gabriel et mes amis me laissent seule le temps de retrouver ma tour
d'ivoire et son jury qui me demandent de les rejoindre.
Gabriel, sans vraiment savoir, se doutait que mon passé était lourd et
triste. Il a toujours eu cette intelligence de ne pas m'en parler.
Gabriel avait prévenu nos amis, au tout début de notre histoire que je
traînais de vieilles casseroles. Comme les vieilles saletés tapis au fond
du verre, il ne faut jamais les faire remonter à la surface, donc ne pas
les secouer.

Le lendemain après le concours, je reçois un appel téléphonique d'un
Monsieur, dont je n'ai jamais entendu parlé. Pourtant, je l'avais
rencontré durant le concours puisqu'il était membre du jury et qu'il
m'avait fait un clin d'œil.
Me voilà attendue à Cannes, au restaurant de Monsieur Alan Ducaile, pour
un motif :« d'extrême urgence. » . je m'y rendrai le surlendemain de son
appel.

 Il nous invite, Gabriel et moi, au Negresco, dans une suite qui me fait
hurler tant je n'ai jamais vu un tel luxe. Séjourner au Negresco c'est se
plonger dans un mélange d'époque, d'artiste contemporains, de style, de
tableau de maîtres et de sculptures monumentales Je me promène comme si
j'étais dans une galerie d'arts. Leur collection d'œuvres d'art et de
mobilier d'époque sont somptueux. Il y a mêmes des salons qui sont dédiés
à Louis XVI ou à Napoléon III. Des chambres vénitiennes ou street art
m'ont été proposées en visite privée. Des fois qu'une envie de créer un
dessert à l'effigie du Negresco me traverserait l'esprit !
Dès l'entrée un ensemble de sculptures et de portrait du XVII et XVIII
m'entourent et m'accueillent. Les traits marbrés des ces visages figés
sont un ravissement.
Le portrait de louis XIV drapé dans son plaid bleu aux motifs de lys en
or me donne la révérence. « bienvenue Madame Lucie ». Il me paraît bien
est sympathique ce roi boudiné dans ses bas blancs aux allures des
danseuses de l'opéra Garnier, avec sa perruques de poulpe sombre et sa
canne.
La peinture de cette période, très représentative du modèle en dit long
sur ce roi soleil.

Ma promenade culturelle est arrêté par l'arrivée de Mr Ducaile. Il me
demande si tout se passe bien pour moi et si le Negresco me convient !
Il me rejoindra dans la soirée dans le grand salon. Il me prie de
poursuivre mon exploration.

Il prend de tels égards auprès de ma petite personne que cela me fait
douter et craindre le pire. Je crains qu'il me demande de restituer mon
titre, car injustifié ou pire, il y aurait eu une erreur dans le nom du
gagnant. Erreur de destinataire.
Heureusement que la présence de Gabriel à mes cotés et de ses mains qui
me serrent la taille me rassurent. Il m'assure dans le creux de l'oreille
que Monsieur Ducaile n'aurait jamais pris de tels égards en dépensant de
telles sommes d'argent pour simplement me retirer mon titre.
A moins qu'il ne soit tombé amoureux !
Pourquoi pas? C'est qu'il me faisait des clins d'œil ce Monsieur !

Quel bazar dans sa vie!
Le pauvre homme, j'espère qu'il ne s'agit pas de cela car je serai
capable de le remettre en place comme maman me l'a appris, avec tact et
brusquerie.
Gabriel en rit beaucoup car il me sait fidèle et sauvage mais pas capable
de méchanceté.

Le soir venu, Mr Ducaile me fait parvenir un message dans lequel il
m'indique qu'il ne pourra pas venir comme convenu dans le grand salon de
l'hôtel. Il me demande de le rejoindre dans son restaurant. Une table
nous y attendra, pour Gabriel et Moi. La changement de cette situation me
demande de devoir patienter encore. Pour le rendre moins difficile, nous
nous rendons quand même dans le grand salon de l'hôtel pour prendre un
verre avant d'aller dans le restaurant où nous sommes invités. Cela me
détendra un peu car j'ai hâte d'être délivrée de ce mystère. Le bar était
relativement vide. J'étais étonnée de ne voir pas plus de monde prendre
un verre dans ce lieu où les nombreuses bouteilles d'alcool au nom
prestigieux trônées sur leurs présentoirs attendaient d'être vidées.
 Les deux messieurs cocktails vêtus de costumes aux allures de manchot
nous servaient avec des gants. Malgré le peu de monde et une commande
toute simple d'un verre de chardonnay, le temps d'attente pour être
servis était assez longue. Il nous fallut pas plus de temps d'attente que
de temps de boire pour partir rejoindre le restaurant.

Dans ce restaurant aux allures de la belle époque où les soieries se
mélangent au rouge des fauteuil en velours nous prenons Gabriel et moi
place à la table qui nous a été réservée.L' atmosphère est subtile et
chaleureuse L'élégance de cet établissement réjouit mes papilles. Le
menu qui nous est proposé laisse peu de choix car c'est un menu unique de
gastronome.
Le repas qui nous est proposé est un délice : asperge assaisonnée
d'oseille, de cacahuéte et d'une vinaigrette légère - un consommé de
langoustine à l'absinthe et au poivre malabar - un saint pierre au citron
noir qui apporte profondeur et complexité aux plats mijotés et au cresson
- un chocolat gavotte au noix de pécan et citron noir.
J'apprends que le citron noir est très utilisé en cuisine iranienne. Il
s'agit d'un citron vert qui a été blanchi quelques minutes dans de l'eau
salée puis sécher au soleil plusieurs jours jusqu'à ce qu'il devienne
sec, léger, et friable. Il apporte au plat un goût caramélisé avec des
petites notes d'amertume venant de la peau du citron. Un UMAMI.japonais !

 A la fin du repas, j'aperçois Mr Alan se diriger vers notre table. Il
salue quelques connaissances sur son passage qui le félicitent de sa
cuisine qui est toujours aussi fine et raffinée.
Après s'être assis à notre table, et entendre notre verdict sur le repas,
Alan rentre de suite dans le sujet qui le préoccupe. Il semblerait qu'il
ait été plus tourmenté que moi, quant à sa préoccupation.
 Il précise qu'il n'a pas beaucoup de patience, qu'il est droit et direct
et qu'une seule réponse le satisfera oui ou non.
Il me demande avec son plus beau sourire et son franc parlé la permission
de rajouter ma recette de dessert sur sa carte.
Il est tombé sous le charme gustatif de mon dessert et souhaite
l'intégrer dans son menu.
Il en veut l'exclusivité.
Il en veut la recette.
Il en veut la totale exploitation.
Mon visage dessine une telle stupéfaction qu'il me précise qu'il
n'insistera pas plus.

Il ajoute qu'il a dans son bureau tout le nécessaire pour établir un
contrat sérieux établit par un juriste.
   Le contrat en doubles exemplaires m'attend dans son bureau et peut bien
attendre une nuit de réflexion vue mon visage ahuri. Il me laisse donc
toute de même la nuit pour réfléchir.
Il rajoute qu'il me promet ni de s'approprier ni d'agrémenter ma recette.

   Si je suis d'accord ; il me faudra simplement donner un nom à mon
dessert pour l'inscrire sur la carte du menu. En retour il me reversera
10% du tarif affiché du dessert sur la carte par un virement mensuel.
Sa société a déjà effectuée ce style de transaction. C'est encadré par un
avocat d'affaire et les associés de sa société sont tous d 'accord avec
cette transaction.
   Ce n'est pas la première fois qu'il fait ce genre d'affaire.
Il est habitué à vouloir être le premier à proposer dans son restaurant
des recettes qu'il a découvert au cours de ses voyages ou comme pour moi,
à travers un concours.
   Il veut être le premier à les proposer. Néanmoins, il m'impose une
clause d'exclusivité pendant cinq ans. Pendant cinq ans je n'aurais pas
le droit de vendre ma recette à un autre restaurant, ni pâtissier lamda.
Je pourrai seulement la préparer à titre privé.
Il sait qu'il y a pas mal d'argent à gagner pour chacune des parties dans
cette affaire et il me le rappelle généreusement.
Il rajoute qu'il sait que cette proposition me sera suggérée par
d'autres hommes d'affaires parfois pas tout à fait honnêtes, parfois plus
généreux mais pas sur que tous respecteraient la recette sans la modifier
ou me verseraient les bénéfices convenus faute d'une comptabilité
sérieuse.
Il se souvient aussi, parfaitement du clin d'œil qu'il m'a adressé le
jour du concours et se sent le besoin de m'en donner une explication.
Il me dit que ce jour là, il a été stupéfié de me voir si ressemblante à
sa maman. Cela ne change en rien la réussite de mon dessert. Mais il a
été bouleversé de me voir bouger, sourire, comme si sa maman revivait. Il
ne cherche en rien à me séduire. Il ne cherche pas m'attendrir. Bien au
contraire, c'est lui qui est flatté que je sois là.
   Il aime les petites femmes comme moi, fines, simples et discrètes. Même
ses ex-femmes avaient toutes cette même silhouette.
Je lui rappelle celle qui n'est plus. Il va jusqu'à me sortir un cliché
de sa défunte maman qui me ressemble étrangement.Il me dit que depuis la
mort de sa maman, il a un tic et que son œil se ferme régulièrement,
comme s'il voulait ne plus voir la réalité.
Cette soirée devient nostalgique. Ce Monsieur, aussi brillant que
charmant m'apprend que je ressemble à sa maman et que je l'ai déstabilisé
le jour du concours. Gabriel ne dit rien et comprend que dans tout homme
il y a un petit garçon. Alan a été lui aussi un jour un petit garçon et
que les petits garçons sont souvent très attachés à leur maman. Ils sont
parfois à la recherche de leur maman.Moi,je l'ai bouleversé doublement,
avec mon dessert et mon physique.
Je propose à Alan de me laisser rentrer tranquillement chez moi à
Boulbon, dans ma Provence. Cette Provence où la montagnette, voisines des
Alpilles est un petit village qui s'y est accroché, comme dans les
crèches que l'on retrouvent dans les maisons et églises pour noël.
Boulbon en fait partie.
Je ne pourrai pas lui donner une réponse demain, comme il le souhaite.
En effet, tout ce luxe, ces gens, cette abondance et cette proposition
non attendue, ne reflètent pas celle que je suis, ni ce qui répond à mon
bonheur. Ici, tout est faux, surfé.

j'ai besoin de me retrouver chez moi dans mon environnement pour prendre
du recul et de pouvoir lui donner ma réponse. Même si je connais déjà la
réponse, j'ai besoin que ma maison, mes arbres, mon environnement m'en
donnent l'autorisation et soient d'accord avec moi. Seuls ceux là ont été
témoins de ma souffrance et j'ai besoin de la leur partager.
C'est moi qui prendrai contact avec Alan. Je le lui promets. Son visage
triste et son pas lourd et lent, m'attristent. Il attendait tellement une
réponse explosive de ma part qu'il est déçu et cela me peine.
Lorsque nous nous levons pour quitter la table et nous apprêtons à partir
, je me retourne vers Alan qui nous raccompagnent vers la sortie,
toujours son visage triste et son pas lent, dans l'espoir qu'une réponse
positive sorte de ma bouche.
je lui dis en prenant le menu déposé sur la table de l'entrée et en le
lisant : - « je ne vois pas sur votre carte le délicieux dessert de lucie
Nagicron ! Mr Alan, c'est pour quand ? »
Un délicieux sourire se dessine sur le visage d'Alan et le mien.

En rentrant dans notre chambre du somptueux hôtel, je comprends
rapidement que je n'ai plus rien à faire ici. Je dis à Gabriel que j'ai
hâte de rentrer chez nous. Mon jardin me manque. Notre petite table dans
la cuisine me parait plus agréable que ces somptueuses tables
gastronomiques où il faut un serveur pour me servir de l'eau ou un autre
pour poser la serviette sur mes cuisses. Non, ce monde n'est pas le mien.
Et puis, mes amis me manquent. Les odeurs du laurier après la pluie me
manque, tout comme la verveine que je bois à 16 heures, son goût simple
et rafraîchissant vaut toutes les boissons proposées par mes deux
pingouins . Ce sont toutes ces petites choses, aussi banale soient elles
qui provoquent en moi un grand vide en ce moment et un si grand bonheur.
 Je viens de réussir un exploit. Je suis championne de dessert. Je ne
veux rien de plus, si ce n'est être chez nous,entre nous et agrandir
notre famille. Elle est là ma richesse. Une modique richesse. J'ai
découvert le goût grâce au manque. Aujourd'hui ce manque je l'ai comblé
et il est récompensé par son goût.

Je passe beaucoup de temps à me décider non pas sur la proposition de Mr
Ducaile, mais sur le titre que je dois donner à mon dessert.
Quel nom lui attribuer ?
Gabriel me propose : » lucie »
Je ne voulais pas que mon prénom soit cité par narcissisme et crainte
d'être harcelée. Je voulais rester dans l'ombre mais mettre en lumière ma
réussite.

Ne sachant quel nom donner à ce dessert, Gabriel me dit de l'appeler
« Aurore Boréale »
Après quelques choix, il me devint évident que je les appellerai:
« les Lucioles de Luc ».

Cela en honneur à cette préparation qui éclaire ma vie et à celui qui a
rendu ce dessert réalisable. Et surtout grâce au cahier de recette de
maman qui avait choisi cette couverture verte, sa couleur préférée et y
avait découpé une luciole, symbole de réussite pour elle. Elle l'avait
collée en première page. Je reprendrais son symbole fétiche.
La luciole sera mon emblème.

 Enfant, j'avais vu des lucioles et je ne me souviens pas avoir plus
belles apparitions dans ma vie. La luciole est comme une petite fée qui
fait scintiller de milles éclats des étoiles dans mes yeux. Elle est le

symbole de la féerie, du magique, des étoiles scintillantes, de la
réussite pour maman, de l'aide de Luc, et tout cela, sans baguette
magique.
Elle évoque mes lumineux souvenirs. Elle est le flash que mon appareil
photo à su capter. Elle est le lien entre les souvenirs de mon enfance et
mon bonheur actuel. La luciole, c'est mon ange, mon guide, ma bonne fée.
Puis j'ai su m'approprier, avec l'aide de Luc Maurice, brillant chimiste,
les propriétés des réactions chimiques dons la création du « grori ».
Luc, je le connais depuis que j'ai 24 ans. Nous nous sommes connus à une
sortie de la discothèque du village de Saint Rémy de Provence, lorsque je
m'y suis installée beaucoup plus jeune.
Ma voiture était en panne, la sienne était celle de mes rêves : une Samba
Décapotable bleu marine. Il était en train de vomir un mauvais whisky bu
avec exagération, quand le reconnaissant, je lui ai demandé si c'était
bien lui le garçon qui se déhanchait sur le podium de la boite, sur une
musique de Queen et qui s'est jeté sur la scène, rattrapé par une armée
d'amis en sueur. Après m'avoir regardé, vomi une énième fois, il m'a dit,
qu'une rencontre comme celle ci, c'était un signe de bonne entente. Je
lui ai précisé que j'étais déjà baptisée. S'il pouvait vomir plus loin
cela m'arrangerait. Il est parti en éclat de rire lorsque je lui dis que
mon prénom de baptême est Lucie, lui il se prénomme Luc.
J'ai rapidement compris qu'il ne pourrait en aucun cas m'aider à faire
démarrer ma voiture. Je lui ai gentiment proposé de le raccompagner, vu
qu'il n'était pas en état de réparer ma voiture et encore moins la
sienne. J'étais trop fière de conduire une samba cabriolée ! Le pied
lorsque j'entendais le crissement des pneus sur le bitume mouillé par la
rosé matinale. Après m'avoir déposé chez moi, offert une douche froide
qu'il me reproche encore ! Et bu un bol de café, je l'ai laissé rentrer
chez lui en lui promettant de m'appeler dès son arrivée chez lui. Avant
de le laisser partir, je me suis assurée de vérifier son taux
d'alcoolémie qui avait bien baissé.
Depuis cette soirée nous ne nous sommes jamais quitté. Notre amitié quasi
éternelle n'empiétait en aucun moment sur nos périodes amoureuse. A
chaque fois qu'il était amoureux, moi j'étais seule. Et lorsque je
rencontrais un chéri ; lui se séparait. Nous n'avons jamais parlé, et
encore moins pensé à essayer de tenter une relation tous les deux. Nous
ne voulions pas détruire une si belle et parfaite amitié garçon fille.
Parfois nos chemins se sont séparés. Lorsqu'il tombait amoureux d'une
petite midinette et que cette speudo fiancée, plutôt jalouse, ne
comprenais pas qui est cette Lucie qui fait partie de la vie de son
amoureux ! Durant leur courte relation amoureuse, comme elle le faisait
mettre en colère.
   Je m'effaçais un peu afin de lui donner une chance de vivre une belle
histoire qui rapidement finissait en larme pour mon Luc. Même si nous
évitions de nous contacter, je savais qu'il aller me téléphoner, le cœur
chagriné par une garce qui s'en était encore pris qu'à sa gentillesse,
son argent et son talent de chimiste.
Je l'avais perdu pendant près de 3 ans lorsqu'en février passé, il a
repris contact et m'a dit être revenu à Avignon. Il était une fois de
plus, là, au bon moment, et au bon endroit pour donner vie à ma création
avec son aide.
   Luc est un garçon brillant. Il est un grand chimiste culinaire et
travaille dans le monde entier pour apporter son savoir dans les
structures des restaurants ou auprès de particulier qui désire créer des
plats en mélangeant des aliments et matière en cuisine. Car la cuisine
c'est de la chimie ! c'est lui qui m'a expliqué que grâce à la
bioluminescence les lucioles communiquent entre elles. C'est une réaction
biochimique qui produit et émet de la lumière par l'oxydation d'une

protéine et d'une enzyme, la luciférine et la luciférase, en présence d'adénosine triphosphate. Avoir réussi à reproduire ce ver luisant en dessert est pour moi la plus belle réussite professionnelle. Luc est aussi brillant que les grands génies de cette planète et de ceux qui sortent des lampes à huile. Il va réussir à donner à ma recette toute sa saveur, sa magie et succès.

Une fois le nom choisi, je contacte Mr Ducaile et l'invite à déjeuner à la maison.
Il vient à la maison et tombe sous le charme de ma bastide.
Je l'accueille avec respect car je n'oublie pas que c'est lui qui m'a aussi fait gagner le concours.
Ce que je ne savais pas, c'est quand lui faisant visiter la maison il est tombé sur mon livre mis sous coffre en verre. Il me regarde avec étonnement et me demande ce que fait ce livre sous coffre. Je lui réponds que c'est un des seuls liens que j'ai avec ma vie passée.
Je refuse de le lui montrer. Malgré son insistance, et mon refus, il finit par me supplier de le lui montrer et je me laisse attendrir.
Je vais chercher le livre et le lui montre.Il me regarde et me dit que ce livre est sa première œuvre de recette culinaire. Quel chaos dans ma tête lorsque je constate pour la première fois de ma vie, que ce livre aussi banal qu'un livre quelconque est un des premiers livres de recette de Mr Ducaile. Je reste bouche bée. Je n'avais jamais fait le rapprochement.
Lorsqu'il le feuillette et constate que ses recettes sont remplacées par des photos, il arbore un léger sourire et me dit : - « c'est bien ce que je pensais, vous êtes une artiste. »

Nous allons dans le bureau et poursuivons notre conversation pour le contrat proposé.
Il m'avoue qu'il craignait ma réaction. Il ne savait pas si j'allais accepter la proposition.
D'autre part, il n'avait jamais rencontré une personne qui ose ordonner à un prestigieux jury de mettre sa pâtisserie au frais d'un ton sec et ferme. Cela lui a plu.
 Il souhaite aussi, mon accord afin de proposer ce dessert aux nombreuses stars qui vont bientôt défiler sur le tapis rouge pour le festival de Canne. Il sait qu'avec cette recette il va réconcilier tous les amoureux du cinéma et faire oublier au perdant la palme non attribuée.
Moi, les stars, je les connais, de nom et de loin. Dans mon village, il y en a souvent beaucoup qui viennent pour y passer leurs vacances.

Je repris la conversation en lui parlant à mon tour du livre de recette.
De la même manière qu'il avait été très honnête et franc lors de notre derrière rencontre dans son restaurant, j'avais envie de lui montrer à mon tour ma confiance.
Il y a bien longtemps, un livre de cuisine m'a été offert une veille de noël. A cette époque je manquais de tout et surtout du nécessaire. Ce livre n'avait pas sa place dans ma vie, car j'étais seule, sans famille, sans amis et sans argent. Je m'en étais servi pour autre chose. Puis un jour, suite à une mésaventure ce livre, avait fini par me donner l'envie de cuisiner. Je venais de passer dans une nouvelle ère et ma vie s'était transformée. Chaque jour je devenais une nouvelle personne respectée. Tel un voile qu'on retirait de mes yeux, le beau avait sa place, le bonheur m'accompagnait et j'étais très heureuse. Que la cuisine avait une place

entière dans ma vie. Sans elle, sans la nourriture l'humain perd des
moments précieux de plaisir et de partage.
 Je finis la conversation en lui soulignant qu'avec tout le respect que
j'avais pour lui je tenais à ce que personne ne soit informée de cet
aveux. : qu'il s'agissait d'un aveu dont lui seul était au courant,
qu'il était important pour moi que lui et seulement lui en soit au
informé pour comprendre à quel point je refuse de rencontrer des médias,
des journalistes. Je ne tenais pas à ce que ma vie soit étalée sur des
polaroids ou du papier journal. Je fuis ce monde de paillette et tous ces
narcissiques qui n'ont toujours pas compris que le bonheur est en eux et
ce n'est pas les autres qui le leur donne. Le malheur ils se le créent
tout seul, pensant être plus important et cherchant à être connu,
reconnu, riche, célèbre. Comme c'est superficiel et tellement pitoyable
de courir après un tel feux de paille qui finit toujours par brûler.

 Je venais de lui donner ma totale confiance avec cette confidence. En
divulguer une seule phrase serait la pire des blessures et réveillerait
le dragon qui dort en moi, car j'aurai été trahie.

Je finis par signer les contrats où chacune des parties respectées ses
engagements et protégées l'autre comme des vases communiquant.

Je garde un contact assez régulier avec Alan. Il vient me rendre visite
à chacun de ses passages dans la région lorsqu'il doit cuisiner pour un
des ses richissimes clients. Il est tombé amoureux de ma maison. Comme je
le comprends. Il voudrait me l'acheter, mon prix sera le sien me dit
il !. Ce à quoi je luis réponds : je t'ai déjà vendu mon premier prix. Je
ne traite qu'une seule affaire par individu. Ma maison n'est ni à vendre,
ni à louer, mais tu y seras le bienvenu aussi souvent que tu y viendras.

Il aime bien me baratiner. Moi aussi, sous mes couverts de fausse timide.
 Il sait que, son monde n'est pas le mien et qu'il ne me verra jamais
chez lui. Il ne me propose plus de venir découvrir sa dernière
trouvaille. Souvent il me l'apporte et me la partage à la maison dans une
ambiance très conviviale. Je crois que c'est ça qu'il aime bien aussi
chez moi : ma simplicité sauvage et ma maison.

Chapitre 8 : de goûts

Il y a sept ans, Gabriel m'a rencontrée dans un bistrot où il enseignait
la dégustation du vin , plus précisément l'œnologie dans le cadre d'un
cours privé. Moi, j'accompagnais mon ami Luc qui prenais des cours avec
Gabriel. Luc me proposa de remplacer sa copine absente pour raison
médicale. Je parus à Gabriel, aussi réservée que naturelle et tellement
pétillante et distante à son égard. Ce qui lui a plu chez moi, ce sont
mes yeux pétillants et mon air mystérieux qui le repoussaient.
Luc me dit ce jour là à l'oreille lorsqu'il me présenta à Gabriel, qu'il
venait de perdre sa meilleure amie. Il avait compris bien avant moi que
Gabriel était un garçon exceptionnel. Il savait qu'en me présentant à
Gabriel, il allait faire mon bonheur. Je n'avais pas compris sur
l'instant. Avec le temps et ma distance vis à vis de Gabriel, je finis
par me laisser apprivoiser, à accepter de lâcher mes gardes fous. Luc m'a
aidée et encouragée. Il savait très bien que seul un garçon comme Gabriel
me permettrait d'évoluer, de briser mes chaînes et de vivre pleinement.

Quelques mois après notre premier rendez vous, il devint évident de vivre
ensemble. Gabriel et moi emménagions dans un petit appartement, de la rue
de la mairie. J'aimais bien le matin entendre le son des cloches de
l'église du village en prenant mon café.

Lorsque nous nous sommes installés dans ce petit appartement, à mon
arrivée, il a été surpris de me voir portant à bout de bras seulement
deux valises et trois cartons. J'avais très peu de vêtements et peu de
bibelots. Mes seuls objets encombrants étaient des livres que j'avais
ramassés dans des fins de journées de brocantes et qui allaient être mis
à la poubelle. Je pensais qu'un jour de grand froid, proche de l'an 2000
et donc de la fin du monde, comme nous le répétaient régulièrement les
médias, je les brûlerai dans la cheminée de l'appartement et qu'ils
pourraient me réchauffer tout en sauvant ma pauvre vie.
je collectionnais les photos que je collais dans certains de ces vieux
livres, faute d'album photo, auxquels j'ajoutais un argumentaire purement
personnel. Cela m'amusait. J'ai tout de même rempli trois livres.
Pour moi les photos sont plus parlantes que les livres. Les images
expriment dès le premier regard la représentation voulue. C'est une
reproduction d'un objet, d'un paysage, d'un moment en particulier qui est
immortalisé. La nuance d'une couleur reflète à l'instant T d'un moment
aussi fort qu'unique et inoubliable.
Parfois dans des livres pompeux, parfois peu compréhensibles sauf pour
ceux qui lisent avec le dictionnaire à leur coté, sont pour moi, à cette
période de ma vie, des bons livres.
J'ai récupéré un vieux livre de recettes sur lequel j'ai collé des photos
de Gabriel et de moi. Je trouve amusant de nous accrocher sur un jambon
ou sur une tarte aux pommes au milieu de chiffres et d'ingrédients.
L'originalité me plait. Un peu moins à Gabriel qui parfois agacé par
amour des livres me dit que je massacre des livres et mes œuvres. Qu'il
serait préférable que je me trouve une autre alternative.

Chapitre 9 : sans manque de goût

 Que de temps parcouru entre la jeune femme qui n'aimait pas cuisiner et
celle que je deviens. Ma vie ne peut plus se passer sans le cliquetis
des casseroles, la chaleur des fourneaux. Assez souvent je change ma
vaisselle pour différentes raisons. Je ne la trouve plus adaptée à ma
cuisine ou une nouvelle série plus jolie vient de sortir, ou ayant cassé
des assiettes, je change tout le service. J'ai parfois un peu de regret
de me dire que j'abuse en achetant tout cela. Il y a quelques années
j'aurais trouvé cela tellement inutile. Sauf que sans le savoir à ce
moment, dans quelques mois, ces achats ne seront pas si inutiles que ça,
bien au contraire, ils auront toutes leur place.
Mon plus bel achat et aussi le plus onéreux est le piano qui trône dans
la cuisine. Je l'ai fait installé au milieu de la cuisine. il est l'objet
de mon bonheur au quotidien et représente aussi un certain orgueil. Tous
les jours dans cette cuisine, je suis le chef d'orchestre qui dirige ma
batterie d'ustensiles, à la recherche de l'harmonie avec des assiettes
d'une nouvelle couleur, d'une nouvelle présentation et une nouvelle
saveur.

Quelques mois plus tard, après avoir discuté avec Gabriel sur mon avenir,
nous sommes arrivés à un nouveau projet qui me convient parfaitement. Il
savait que je gardait précieusement un livre et dans ce livre un cahier
de recette.

 Je prends la décision de me lancer dans un nouveau défi : je ne vais
plus coller mes photos personnelles dans des livres de cuisine.
Je vais réécrire les recettes du cahier de maman une par une en y
apportant une touche personnelle, en leur donnant un titre, une
explication sur le produit, comment il se cultive, comment il se ramasse,
comment il se conserve, comment il se respecte en toute simplicité et
surtout praticable pour tout le monde.
Je photographierai chacun des ingrédients auquel je donnerai toutes les
explications jusqu'à l'aboutissement du plats. Je pourrai me servir de
chacun des services dans lesquels je présenterai mon plat, et Gabriel
proposera le vin qui s'associe le mieux à ce plat.

Dans mon laboratoire de développement photographique c'est moi qui
gérerai le développement et je proposerai un livre de recettes par
saison, des recettes aussi simples qu'abordables pour tout le monde.
Quand à la première recette, je sais exactement laquelle se sera. Ce ne
sera ni celle d'un gâteau à la banane, ni celle des lucioles de Luc.

Me revient en souvenir, ma première recette que j'ai réalisée, le jour où
je souhaitais faire plaisir aux amis de Gabriel, un après midi d'hiver,
froid et glacial, en leur préparant le pot au feu. C'était la première
fois que nous allions recevoir des amis dans notre appartement. Il
fallait que le plat soit à la hauteur de notre amitié. Le pot au feu me
semblait le mieux approprié.
« Le pot au feu c'est le repas du pauvre « me disait papa. « C'est un
plat, dans lequel doivent mijoter des légumes de la saison et des restes
de morceaux de viande que peut donner le boucher ou les proposer à un
tarif très bas suivant sa qualité. Le pot au feu lorsqu'il reste du

bouillon, finira pas devenir une délicieuse soupe claire aux arômes des légumes et de la viande bouillie. Voilà de quoi réjouir et faire saliver les papilles de bon nombre d'entre nous. »
Préparer un bon pot au feu, ce n'était pas que cuisiner, c'était aussi honorer la mémoire de mes parents perdus bien trop tôt et surtout ce papa épicurien qui ne mangeait que les légumes de son jardin.
L'œil vif, le pas agile, et le panier vide, je me dirige dans le supermarché du coin faire mes courses afin de préparer un pot au feu pour Gabriel qui en raffole et les copains qu'il a invité.
Je commence par me perdre dans les livres et dvd qui me lassent très rapidement. C'est vrai que dans le supermarché, il faut traverser tous ces rayons souvent inutiles avant de commencer à faire les vrais courses.
Passant devant la belle vaisselle posée sur la nappe grise où les assiettes en porcelaine de couleur taupe à la forme carrée me rappellent la bourgeoisie, mes yeux se posent sur une horloge à vendre 150 Frs mais qui indique la bonne heure et cette heure ne me permet plus d'être une flâneuse. Je constate que mon panier est toujours vide. Je dois m'accélérer si je veux réaliser mon plat pour ce soir.
J'avance avec un pas ferme et décisif : plus rien de perturbera mes courses alimentaires.
Je suis dans le rayon des légumes. Il y a devant moi, un bac avec des pommes de terre, des poireaux, des endives, des salades. Je ne sais pas très bien par quoi commencer. Je sais qu'il faut des pommes de terres, des navets, des carottes. Je suis en train de remplir un sachet de carottes, lorsque devant moi se présente une solution, un miracle.
Oh merveille, devant moi se présente une barquette de légumes remplie jusqu'à son bord. Sur le coté, il y a une étiquette. Il est bien noté : pot au feu.
Je soulève la barquette, la retourne dans tous les sens, vérifiant que rien ne manque. C'est fabuleux : vive les supermarchés ; tout est parfait pour aider la ménagère à ne pas se perdre dans ses achats.
Je glisse mon trésor dans mon panier et continue mes emplettes, heureuse d'avoir su si rapidement et efficacement faire mes courses.

Rentrée à la maison, je m'affaire à la préparation de mon plat qui demande trois heures de cuisson. L'autocuiseur me fera gagner la moitié du temps de cuisson. Comme tout grand chef cuisinier, je ne consulte ni un livre de cuisine, ni internet, ni la famille ou connaissance puisque je connais la recette de quand j'étais petite : moi le pot au feu j'en suis championne.
Lorsque je sors ma barquette du réfrigérateur, je réalise tout le travail que je dois accomplir en épluchant la totalité des légumes : un grand moment de solitude me gagne.
Je regarde tout au tour de moi et comprends rapidement que si dans les quelques secondes qui vont suivre et si je n'ai pas trouvé une solution miraculeuse, je vais devoir passer une heure dans la préparation de ce plat et ne serai pas prête lorsque les invités arriveront : un coup d'œil à gauche, un coup d'œil à droite, un coup d'œil derrière, personne ne m'épie : un sourire, la solution me vient en un éclair. Je prends les pommes de terre, les lave et les jette dans l'autocuiseur sans les éplucher. Afin de me donner bonne conscience je me dis : « ils se les éplucheront dans l'assiette, ce sera plus terroir ». Réalisant du temps que je gagne en évitant d'éplucher les pommes de terre, je fais de même avec les oignons, les carottes, les poireaux, les navets, et le bouquet garni qui lui est déjà entouré dans son élastique.

Pas si compliqué que ça, la cuisine !
 Je vais même avoir le temps de déboucher une bouteille de vin. Mes

quelques cours d'œnologie me permettent de choisir, de découvrir et
d'apprécier les vins de différentes régions avec leurs différents
cépages. Le climat, le sol, le lieu, le ramassage, le travail et
l'alchimie de chaque propriétaire font que les vins peuvent se
différencier et s'apprécier suivant les plats, périodes, moments. J'ai
toujours aimé le vin, même lorsque j'étais encore une enfant, en
regardant papa portant à ses lèvres, dans son verre à eau, ce précieux
liquide, j'en salivais. Je me demandais ce qu'il pouvait bien ressentir
en avalant chacune de ses gorgées. Mes yeux observaient ce breuvage aux
belles couleurs sang et aux grosses taches qui en restaient sur la nappe
lorsqu'une goutte dégoulinait de la bouteille. Par pure curiosité, un
jour en cachette, je bus directement ma première gorgée au goulot sans
prendre le temps de verser le précieux liquide dans un verre comme le
faisait papa: je connus une forte déception de dégoût par l'alcool au
goût fort, brûlant mon palais, acide qui n'avait aucune ressemblance avec
la grenadine. Puis qui fut suivi par un moment d'euphorie : j'étais
saoule pour la première fois de ma vie à huit ans.
Je regarde l'étiquette de la bouteille et ne peux pas oublier cette
inscription encerclée par des bordures rouges et une calligraphie en
lettre d'or qui annonce « Château Margaux ».
Tiens, c'est le même prénom que ma copine d'école, qui pour le coup,
elle, elle est une vraie noble. J'ai toujours été persuadée qu'elle
était la fille du riche baron propriétaire de cette magnifique bâtisse
qu'on appelle château et qu'elle refusait de me l'avouer par peur de
perdre sa bonne amie roturière Lucie ; jusqu'à ce que lorsqu'un mercredi
je fus invitée à son anniversaire et découvrit un univers aussi farfelus
que décevant. Ils vivaient tous les grands et enfants dans une seule
pièce, celle la plus proche de la seule cheminée qui chauffait toutes la
batisse ; des chambres, à la salle de bain, de la cuisine au salon. Il y
faisait très froid et son papa refusait que sa maman travaille car les
nobles ne travaillaient pas et puis ils étaient Cinq enfants sans
compter, la grand mère sourde comme un pot qui rapiéçait les pantalons
usés des enfants et les quatre chiens qui faisaient partie intégrante de
la famille. ça sentait pas bon la noblesse !
J'hésite entre un bordelais et un bourgogne bien que les fragrances et
les goûts sont bien différents. J'opte pour un bourgogne, un cote-de-
Beaune. Le temps d'un week-end, Gabriel mon mari depuis peu de temps et
aussi mon professeur d'œnologie depuis un an, nous étions partis
découvrir cette région. Nous visitâmes les hospices de Beaune et
rapportâmes des bouteilles dont des Nuits-St-Georges, du chardonnay, et
d'autres bouteilles que je gardais précieusement dans la cave à vin.
Chaque bouteille était numérotée afin de savoir combien il en restait. Je
collai sur le bouchon une pastille de différentes couleurs qui
précisaient la provenance du vin, la date d'achat. « L'assemblage est
l'art de composer un vin à partir de différents cépages. Il consiste à
marier les arômes, les textures, les couleurs afin d'obtenir un vin
harmonieux « m'apprit Gabriel, lors de mon premier cours d'œnologie.
« Apprenez, en premier, à caractériser les différents cépages, à savoir,
les arômes, le volume, le tannin, la longueur en bouche. Vous pourrez y
découvrir des goûts fruités pour certains, ou plutôt boisés pour
d'autres, voire animal et plein de choses encore.»
« Le vin vit. Lui aussi a une durée de vie qui n'est pas éternelle.
Chacun peut trouver à travers ses caractéristiques, ses préférences tout
comme dans nos choix de partenaires de vie.»
La température est parfaite. Je transvase la bouteille de vin dans une
carafe en cristal que je me suis offert chez un sommelier à la suite de
la réussite de la Luciole de Luc. Cet objet a pour moi une valeur
importante, il représente toute ma réussite et l'espoir d'une vie

changée. Le vin libère tous ses arômes. Je prends un verre à bourgogne,
c'est-à-dire avec une contenance plus longue que large contrairement au
verre bordelais qui est plus large et moins haut. Comme il est loin le
temps où papa buvait, son vin dans un simple verre à eau. Je verse le vin
dans mon verre. Je le secoue avec des mouvements secs et doux. Je le fais
danser le long des parois, en le faisant tourner plusieurs fois. Des
jambes se dessinent le long de la paroi, plutôt grasses puisqu'elles sont
larges et glissent doucement. La couleur pourpre ravive mes papilles.
J'en oublie la cocote minute qui lance un sifflement régulier strident
digne d'un vieux train d'un film de western des années 50. Je baisse la
puissance du gaz. Je retourne à ma dégustation et commence par inspirer
par une grande bouffée ce vin que je garde dans mes poumons et en libère
petit à petit des petits souffles à en découvrant toutes ses fragrances.
Je porte à mes lèvres la première gorgée que je laisse poser sur ma
langue tel un foulard de soie, léger doux. Je déglutis et par retour
d'olfaction, revient dans ma bouche, toute la puissance de ce vin afin
que rien ne se perde. Non rien ne sera perdu.

La porte d'entrée s'ouvre et Gabriel entre dans la cuisine m'embrassant,
ravi de me surprendre en pleine orgie solitaire. Son visage se tourne
vers la cocote minute que j'utilise pour la première fois et qui continue
à lâcher ce filet de vapeur incessant avec un sifflement énervant. Il me
regarde avec étonnement et me demande ce que j'ai bien pu vouloir
préparer d'aussi bon pour le dîner qui mérite un tel vin, tout en prenant
la bouteille vide posée sur le plan de travail à coté de la cocotte
minute, et lit l'étiquette.
Je lui réponds qu'il s'agit d'une surprise voire d'une délicieuse
surprise. C'est du moins ce que je souhaite.
Il me prend dans ses bras et m'embrasse délicatement. Il marmonne
quelques mots dans lesquels il me semble comprendre : « oirais porté
salon , vais ouché » puisque mes oreilles sont abasourdies par ce
sifflement de la cocote minutes.
 J'en déduis qu'il va certainement se doucher et qu'il boirait bien le
verre de vin que je lui apporterais dans le salon.

La toute jeune fille que je suis, meurtrie par ce froid qui paralyse chacun de mes membres se trouve plongée dans un sommeil récupérateur. Ces quelques moments de délices dans lesquels je fais de jolis rêves de fée, de princesse, de maisons chauffées où j'aurais pu me balader bras nus en plein hiver m'évadent et me ravissent. Je ne sais pas ce qu'il est de vivre dans une maison chaude, chauffée d'une chaleur provenant d'un feu de cheminée aussi hardant que crépitant tél volcan en éruption. J'aurais peut être même pu me promener en robe d'été, en manche courte, tant j'aurais eu chaud. Mais cela, je ne le vois qu'à la télévision. Pourquoi , moi, je n'y ai pas droit. Pourquoi je dois vivre dans cet enfer froid. Même en enfer le diable à droit à vivre dans la chaleur. Quel est mon monde ? Y aurait 'il pire que l'enfer ?

Je me laisse emporter dans une rêverie des plus magiques. Je fais des courses et j'achète tout ce qui me fais plaisir. Je ne pensais pas être autant futile.
L'odeur du chocolat vint jusqu'à mes narines et me réveille. C'est ce parfum de cacao, de sucre qui vient se répandre sous mes narines.
Sans plus attendre, je vais chercher un paquet de vieux biscuit périmé que j'ai récupéré dans un stock de produits invendus à 20 centimes. Tout en contemplant mon trésor je trempe les biscuits dans le bol de tisane tiède et savoure ces sablés chocolatés. Ils fondent dans ma bouche. Je claque d'un coup de langue pour ramener vers mon palais un fragment de gâteau que je laisse fondre. Le parfum éclate, s'épanouit puis disparaît aussitôt après absorption d'une gorgée de tisane. Je suis toujours assise dans mon sofa. Biscuit après biscuit, ma main râpe le fond de la boite. Je réalise avec stupeur que je viens de manger le dernier sans m'en être totalement rendu compte. Je viens d'avaler vingt quatre gâteaux en ne me souvenant en avoir mangé qu'un. Les prémices sont souvent les moments les plus délicats et important d'une découverte dans notre vie. Parce que le début, une découverte ; c'est parcouru d'inconnu. L'inconnu fait souvent peur. Ce qui rassure, c'est que je connais, même si c'est pitoyable. A cet inconnu j'y rajoute mes émotions. Mes émotions seront les stries qui vont rester graver dans ma mémoire. Tels des petits sillons imprégnés de situations positives ou négatives, je revivrai une situation heureuse ou malheureuse, parce que mon cerveau l'aura vécu et imprégné à partir de cette première expérience. Aujourd'hui, le chocolat représentera pour moi, une empreinte de bonheur, de joie, d'espoir et de cadeau.
Malgré tout, un sentiment d'écœurement s'empare de moi. Que se passe t'il ?
Une digestion difficile par un trop plein ? Ou au contraire, l'envie de remplir un peu plus cet estomac, souvent trop vide ? au point où j'en suis, pourquoi ne pas aller jusqu'au bout de la goinfrerie ?

Même si je ne comprends pas comment j'ai fait pour manger en moins de dix minutes un paquet entier de biscuits en les savourant si peu, je ne regrette pas mon geste car je viens de combler un vide, et je viens de m'offrir une abondance, jusqu'à ce jour jamais vécue.
Je décide d'attendre un moment de plus avant d'ouvrir mon cadeau. Le temps que ma digestion se fasse et pourquoi pas ; j'y suis, je vais m'offrir une dernière sucrerie. Cette journée restera en moi, comme une journée de Noël !

Je retourne dans la kitchenette et ouvre le petit placard à la recherche
d'un quelque chose que je saurais cette fois, apprécier, à sa juste
valeur.
Il n'y a pas l'embarras du choix. Les sucreries ne se courent pas après.
Le placard est un peu comme certains établissements dévalisés : presque
vide. Les paquets de denrée alimentaire ne sont pas nombreux. Sur les
deux planches du placard, séparés telles les dents d'un vieil homme, il y
a un paquet de sucre, un reste de farine, une boite de sauce tomate, une
boite de sardine, deux paquets de pâtes, un de riz et les condiments
nécessaires pour préparer une salade.
«-Tiens je n'avais pas vu le petit sachet blanc qui dépasse dans la boite
de riz. C'est quoi ? «
Je découvre un reste de fougasse que j'avais emprunté ou volé, (tout
dépend de quel coté on se situe), en passant devant un établissement
alimentaire de proximité, un petit matin où je rentrais de boite de nuit.
J'ouvre le sachet blanc et me souviens de ce reste de fougasse déposé
dans mon paquet de riz/ Je suis bien contente de ne pas l'avoir acheté
car cette fougasse a le goût du pain. Sa forme m'a fait croire en une
viennoiserie de noël prisée. Comme souvent ce qui est beau, n'est pas
forcément bon.
Après l'avoir engloutie en deux bouchées, je me sens enfin prête à ouvrir
mon cadeau.
Mon estomac commence à me faire sérieusement souffrir. Je suis aussi dans
une totale culpabilité. Je ne sais plus ce que je dois faire. J'ai abusé.
C'est la première fois qu'une telle réaction de boulimie me prend. Je
suis surprise. J'ai aussi mal au ventre, qu'à ma tête. C'est comme si
j'étais pleine jusqu'à ma gorge, que mon ventre, estomac, tranchée gorge
sont remplis de nourriture et de boisson.
C'est vrai : personne ne peut m'interdire de manger ce que je veux.
Personne ne peut me gronder ou me punir pour avoir englouti toutes ces
denrées. Je suis seule dans cette pièce. Je suis le maître de mon
existence. Je fais enfin ce que je veux.
Je me dis que tout de même ce n'est pas bien ce que je fais. Manger comme
ça à profusion que des gâteaux ce n'est pas digne d'une personne
équilibrée.
Je suis en train de sombrer dans le déséquilibre.
Pour repartir sur de nouvelles bases et oublier ce que je viens de faire,
je décide d'essayer de vomir.
Je me rends dans les toilettes, tête baissée, cheveux dans rangés dans le
bonnet de laine, je prends le soin de retirer mes quelques couches
vestimentaires afin de ne pas les salir et pour la première fois de ma
vie, j'enfonce mes doigts dans la gorge et me mets à vomir.
Je me mets à vomir mon dégoût. Plus que ça, je vomis la haine et la
colère que je viens de vivre à l'instant même où je remplis mon estomac.
Je vomis avec une telle insistance que du sang sortit de ma gorge. Je
prends peur. Je me redresse et me dirige vers le lavabo ou je bois une
gorgée d'eau glacée. Cette même eau froide avec laquelle je me lave tous
les jours va me permettre de cicatriser.
Je tire la chasse d'eau et me mets à pleurer.
Ne suis je pas assez pauvre, pour devenir une loque, une minable malade
de la nourriture ?
Je ne veux pas être comme ça. Je ne peux pas devenir comme ces filles
dans les magasines maigres et anorexiques.
Non, surtout pas ça. Ma vie est assez pourrie pour que je ne sombre pas
là dedans. En plus je n'ai pas les moyens de me permettre d'acheter ce
qui va entretenir cette maladie.
Je pleure en me demandant ce que je vais bien devenir.

Je me redresse et parts m'asseoir sur le sofa. Je tends ma main vers mon
carton secret, en sort le cahier à la couverture verte. Je prends le
livre de cuisine que je viens de recevoir en cadeau et pose le cahier de
recette dessus. Je me dit qu'il ferait une bonne cachette.
Je protégerai donc le cahier de recettes avec le livre de cuisine et dans
ce même livre j'y collerai mes plus belles photos de réussite de ma
nouvelle vie.

 Je prends le cahier de recette de maman et le feuillette me disant que
je ne devrai plus jamais ne pas respecter la nourriture. J'ai le droit de
ne pas aimer manger, mais je n'ai pas le droit de la gâcher. Je me fis
une promesse en regardant la première page de son cahier, observant cette
luciole éblouissante. Je promis de me sortir de cette situation. Je lui
promis qu'un jour elle serait fière de sa fille Lucie. Je ne savais pas
comment, mais j'en étais certaine, car je le savais.
Les années à venir seront le début de mes plus belles années à vivre car
je ferai quelque chose de ma vie, je lui donnerai un sens. Même si cela
n'aura aucun lien avec la cuisine, ma vie sera transformée, épanouissante
et heureuse.

Chapitre 11 de manque de Goût

Après être sorti de sa douche, Gabriel me rejoint dans le salon prenant son verre à la main. Pendant qu'il renifle les arômes du vin, il me félicite quant à mon choix sur ce vin, Gabriel me demande à pourquoi avoir dressé autant de couverts. Et en quel honneur j'ai choisi d'ouvrir une bouteille aussi prestigieuse pour une soirée banale.
!
Je lui réponds que nous attendons des invités. Il le sait bien !
 Ce à quoi il me précise m'avoir dit en entrant dans la cuisine, lorsqu'il me serrait dans ses bras et avant d'aller se doucher ; « La soirée est annulée. Veux tu aller dîner au vert bouillon ? ». Alors que moi j'ai cru entendre : « je vais me doucher, peux tu m'apporter un verre dans le salon. »

Une grande colère m'envahit. Je viens de passer une journée à réfléchir, à choisir, à me déplacer, à porter, à acheter, à préparer ce plat, copieux, succulent, et tout cela pour qu'aucun invité n'en apprécie toutes ses saveurs. Je ne vais pas pourvoir faire partager ni savourer à nos amis que j'aime, la preuve de mon immense talent de cuisinière. Ils seront privés de ce mets si délicat qui m'a prit une journée de labeur. Quelle déception.

Heureusement, le vin libérant autant ses arômes que ses degrés d'alcool commence à m'enivrer.je me calme et me dis que finalement Gabriel savourera un peu plus de mon chef d'œuvre culinaire.
Je prends soin de retirer les assiettes que j'avais posées sur la table du séjour et de nous installer dans la cuisine, lieu où nous nous retrouvions lorsque nous n'étions que nous deux.
Gabriel me rejoins, enchanté par le vin dont il ne cessait d'en énumérer toutes ses louanges.
En s'approchant de moi et de la cocotte minute dont j'étais en train d'ouvrir le couvercle, il ne pouvait pas rater le spectacle de ma première grande recette du pot au feu, je lui demandais d'aller me chercher les plats en porcelaine posés sur le plan de travail afin de servir le repas.

Lorsqu'il me tendit le premier plat, et quand je sortis délicatement les succulents légumes à l'aide de l'écumoire, Gabriel poussa un cri strident qui devait peut être soit une joie, soit un étonnement. Bref que du bonheur.
Ce hurlement me fit sursauter de joie. Je compris que non seulement il découvrait enfin le véritable cordon bleu que j'étais mais que le plat élaboré le dépassait par mon talent de cuisinière. Et à quel point je lui prouvait tout mon amour.
Le rose des carottes, le marron des pommes de terre, le blanc des navets, le vert des poireaux, toutes ces couleurs digne d'une palette d'un grand peintre peignant une nature morte, laissaient s'échapper une délicate senteur d'épices provençales sur un fond de bouillon fumant, ne pouvaient être signé que par le plus grand artiste du moment : Sa Lucie.

Comme la vie peut bien être ingrate. Gabriel hurla une seconde fois. Le sourire que je venais de lui offrir avec son premier hurlement se changea en un rictus d'incompréhension lorsqu'il me demanda ce que j'avais bien pu vouloir cuisiner.
Je le regardais étonnée :
-« ça ne se voit pas ?

- non
- tu vois bien que t'ai préparé un pot au feu !
- quoi ? ça ?Un pot au feu ? « Reprit- il en entrecoupant chaque mot.
- « ben oui, ça, c'est un pot au feu … avec des carotte, des pommes de terres
- mais tu plaisantes. Les légumes ne sont pas épluchés » dit il, en me montrant du doigt la peau des pommes de terre et des carottes.
- je sais » dis je en soulevant les épaules comme si cela n'était qu'un tout petit détail qu'il n'aurait pas du soulever. « Chacun les épluchera dans son assiette. C'est plus sympa et plus authentique.
- et la viande ? Elle est où la viande qui accompagne le pot au feu ? » Reprit il en cherchant dans le fond de l'auto cuiseur, à l'aide de la cuillère un bois, un morceau de viande qui n'apparaissait jamais.
- c'est qu'il n'y en a pas !. » Dis je toute peinée par cette découverte qui me semblait avoir si peu d'importance et qui le rendait furieux.
- alors ce n'est pas un pot au feu que tu viens de préparer, mais simplement des légumes bouillis pas même épluchés. » Rajouta 'il plus calmement à la vue des larmes qui roulaient sur mes joues.

A ce moment, Gabriel versa le bouillon dans l'évier et s'approchant de la poubelle, ouvrit le couvercle et jeta la totalité des légumes.

Je regardai Gabriel et lui dis :
-« ce n'est pas de ma faute si sur la barquette il y avait de marquer « pot au feu » et qu'ils ne mettent pas la viande ; je me doutais bien qu'il manquait quelque chose, mais c'était à eux de le préciser sur la barquette. Pourquoi ne mettent-ils pas la viande avec ? Je n'y peux rien. Moi qui pensais te faire plaisir ! Voilà, j'ai passé la journée à cuisiner et on n'a rien pour dîner. »
Gabriel me serra dans ses bras et me dit dans le creux de l'oreille qu'il avait bien compris que je voulais lui faire plaisir en préparant sa recette préférée. Mais que c'était tout de même immangeable et pas appétissant et que je devais bien l'entendre. :
« Tu ferais peut être bien de t'acheter un vrai album photo, de coller tes photos dedans afin de récupérer le livre de recettes dans le quel tu les colles. Il pourrait t'être plus utile. Je pense qu'il est bien difficile de s'improviser cuisinière sans une aide même littéraire. D'autant plus que ce livre est signé Alain Ducaile, l'un des plus grands chefs Français. J'imagine que tu ne sais pas qui est cet homme. Il est à la cuisine ce que Doisneau est à la photographie : un maître. »

Le vin redoublant de ses effets, nous en riment et décidâmes d'aller dîner au restaurant du village où nous nous étions rencontrés la première fois , puisque ce lieu nous portait chance et savait apaiser chacune de nos mésententes.
Au bras de celui qui partageait mon quotidien et mon cœur, l'œil brillant de joie, le sourire aux lèvres et heureuse de vivre, je me souvenais d'une très jeune fille de 22 ans qui reçut une veille de noël, il y a dix ans un colis dans lequel un livre de recettes allait modifier le parcours de sa vie.

William VERNES

Heureux l'homme qui a trouvé la sagesse,
Et l'homme qui possède l'intelligence !
Car le gain qu'elle procure est préférable à celui de l'argent,
Et le profit qu'on en tire vaut mieux que l'or.

Livre des Proverbes.

1